LES ILOTS

DE

MARTIN VAZ,

roman maritime,

PAR ÉDOUARD CORBIÈRE.

Auteur

des TROIS PIRATES, des FOLLES BRISES, etc.. etc.

I

PARIS.

BERQUET ET PÉTION, ÉDITEURS,

Libraires-Commissionnaires,

11, RUE DU JARDINET.

—

1842

LES ILOTS

DE

MARTIN VAZ.

2953

PARIS. — IMPRIMERIE DE TERZUOLO, RUE MADAME, 30.

LES ILOTS

DE

MARTIN VAZ,

roman maritime,

PAR ÉDOUARD CORBIÈRE.

I

PARIS.

BERQUET ET PÉTION, ÉDITEURS,

Libraires-Commissionnaires,

11, RUE DU JARDINET.

—

1843

I.

Quel est l'imbécile qui a tourné cette drisse du grand hunier?

— Cet imbécile-là, c'est moi, capitaine, et je ne m'en dédis pas.

— Tu raisonnes, je crois, mateluche?

— C'est possible, capitaine; mais ça vaut peut-être encore mieux que de déraisonner.

— Ah, tu veux faire aussi l'insubordonné,

comme les autres Parisiens de ta trempe ! Attends, méchant novice, ce bout de garant de drisse, que tu n'as pas su amarrer, va me servir à te relever du péché de paresse et d'insolence ! »

Et, cela dit, le capitaine Chabert courut, le bout de drisse du grand hunier à la main, administrer la plus paternelle de toutes les corrections au jeune matelot Goulven, qui, au lieu de se soustraire prudemment à l'effet du courroux de son chef, reçut, sans bouger de place, et avec le sang-froid le plus exemplaire, la volée destinée à châtier sa témérité.

Un seul mot, à la suite de cette grêle de coups de bout de corde, s'échappa des lèvres du marin ainsi puni, pour exprimer toute l'humiliation et tout le dépit qu'il avait à grand'peine contenus dans son cœur soulevé. *Ah! si vous n'étiez pas mon capitaine !* s'écria-t-il en dévorant les larmes brûlantes qu'il s'efforçait de cacher aux yeux des passagers et de tout l'équipage consterné.

Puis Goulven alla se jeter dans son hamac,

pour pleurer tout à son aise l'outrage qu'il venait de recevoir, et pour cacher la honte qu'il n'avait plus la force de supporter devant ses camarades.

Le capitaine, plus ému encore peut-être que le jeune matelot qu'il venait de traiter si rigoureusement, se promena à grands pas sur son gaillard d'arrière. Les passagers se retirèrent dans leur chambre; les marins de quart se turent. L'homme placé à la roue du gouvernail fixa plus attentivement qu'il ne l'avait encore fait, la boussole sur laquelle il lui fallait gouverner, et le navire continua à labourer péniblement les vagues contre la forte brise de vent de Nord-Est, qui le poussait sur la route qu'il avait à parcourir.

Vers minuit, l'officier de service, qui s'était imposé à l'égard du capitaine le silence prudent que tous les autres marins avaient cru devoir observer sur le pont, ordonna d'amener les perroquets, pour parer un grain qui venait de s'éle-

ver au vent, en menaçant de fondre sur le
navire. Le capitaine Chabert, qui, jusqu'à ce
moment, n'avait pas cessé de se promener seul
et de se donner du mouvement pour calmer
peut-être l'irritation qu'il éprouvait encore,
sauta tout-à-coup sur le bastingage de l'arrière,
afin de mieux observer le grain qu'il avait prévu, et de pouvoir être plus à même de faire
entendre les ordres qu'il pourrait avoir bientôt
à donner. La rafale, contre laquelle l'officier de
quart avait déjà pris ses précautions, tomba à
bord, en sifflant avec rage et en secouant violemment les huniers, que l'on arrise avec promp-
titude. Le navire s'incline tout-à-coup sous
l'effort impétueux du vent : le capitaine crie
de laisser arriver pour présenter l'arrière à la
risée furieuse; et afin de mieux assurer l'exécution de ce commandement précipité, il veut
s'emparer lui-même de la barre du gouvernail;
mais, dans ce mouvement si subit, son pied, mal
affermi, glisse sur le couronnement humide

qu'il a pris pour point d'appui; le corps tombe sur la lisse ; la lisse repousse le corps en dehors du bâtiment, et la voix effrayée du timonier en criant : *Le capitaine à la mer ! le capitaine à la mer !* va apprendre à tout l'équipage le funeste accident qu'a occasionné le grain terrible qui mugit encore en s'éloignant sur les flots qu'il a tourmentés, et dans l'air ému qu'il a obscurci jusqu'aux bornes de l'horizon.

A ce cri sinistre, répété avec effroi par les hommes de quart, tout le monde s'est élancé sur le pont, passagers et marins. Le second du bord fait revenir le navire au vent pour mettre aussitôt en panne. — *Amène* vite le *porte-manteau* (1), et saute en double dans le canot, commande l'officier aux gens de l'équipage.

(1) On donne ce nom de *porte-manteau* à la légère embarcation que les navires suspendent en travers sur leur arrière, parallèlement à leur couronnement et à peu près à la hauteur de leur lisse.

Mais, pendant qu'on obéit à cet ordre avec le trouble qui accompagne toujours à bord les événements imprévus et les nécessités soudaines, le bâtiment laisse bien loin derrière lui l'endroit où le malheureux capitaine a disparu sous les lames courroucées. Un des matelots du bord, que l'on a à peine aperçu dans un pareil moment de confusion et de terreur, a prévenu la manœuvre trop lente ordonnée par le second... Ce matelot, n'écoutant que son impatience et son courage, s'est jeté à la mer...... Il a aussi disparu comme le capitaine, vers lequel il s'efforce de nager, emporté par les lames mugissantes dans le sein de l'obscurité. Au lieu d'un seul homme que le canot, déjà amené, avait à secourir, il aura deux malheureux à chercher dans ce gouffre immense qui rend si rarement à la vie les victimes qu'il a reçues dans ses abîmes.....

Une demi-heure d'anxiété, d'espoir et de crainte, s'écoule.... Le canot errant, poursuivant une route incertaine, s'est caché dans le brouillard humide que la rafale a étendu sur les flots, en redoublant l'épaisseur de la nuit. Aucun cri parti de l'embarcation n'est venu révéler encore à l'équipage, morne et muet, le succès des recherches auxquelles se livrent avec ardeur et avec efforts les canotiers absents.... Le second du navire compte, appelle les hommes qui sont restés à bord du brick; il demande Goulven, et ce n'est pas sans une surprise mêlée d'admiration qu'il apprend alors que celui de ses matelots qui vient de se dévouer si héroïquement pour le capitaine, est ce même Goulven qui, une heure auparavant, a dévoré avec rage l'outrage sanglant que la dureté de son chef lui a fait subir. — Le second connaît l'extrême violence du caractère de ce jeune marin... Et si la colère qui s'est allumée dans son cœur, plus que le dévouement qu'il est si peu naturel de lui supposer, l'avait conduit, pensa l'officier, à se sacrifier pour se venger sur le capitaine

lui-même, du mortel affront que celui-ci lui a
fait subir !

Cette réflexion affreuse, en jetant la consternation sur les traits du second, alla aussi agiter
le cœur des passagers et des matelots, qui
tous avaient conçu le même doute, sans s'être
encore avoué le terrible motif de leur perplexité,
doute cruel qui bientôt devait être dissipé, mais
que le sentiment qui l'avait fait naître rendait si
horrible à supporter et si difficile à repousser.

Des fanaux précipitamment allumés ont été
hissés au plus haut des mâts, pour indiquer à
l'embarcation détachée du bord la position
du navire qu'il lui faudra rallier. Mais au sein
du brouillard dont le bâtiment continue à être
enveloppé, ces phares mobiles percent à peine
de leur lueur terne, impuissante, l'obscurité
que redouble encore l'intensité de la grainasse
qui fuit à l'horizon. Un moyen plus sûr est employé pour signaler aux canotiers égarés la position du bâtiment qu'ils chercheraient en vain

à apercevoir au milieu de cette nuit d'épaisses ténèbres... La cloche du bord est mise en branle, et ses tintements sinistres iront au moins s'étendre au loin sur les flots plaintifs, et dans l'air agité, dont ils domineront les sourds gémissements.....

La cloche révélatrice s'est tue un instant, et dans cet intervalle les oreilles impatientes des hommes du bord, tendues au moindre bruit extérieur qu'elles voudraient recueillir comme un indice ou un espoir, ont cru distinguer le mélange de quelques voix confuses : le clapotement d'un aviron sur la lame qui est venue gronder le long du navire, s'est fait entendre ! Le murmure, d'abord incertain, des voix vient de retentir avec plus de force ; au clapotement des rames a succédé plus distinctement le mugissement d'un canot qui plonge et relève son étrave dans la vague tourmentée. — Plus de doute ! *ce sont eux ! ce sont eux !* s'écrient toutes les bouches, répètent tous les cœurs....

Mais, qui eux ? Les canotiers seuls, ou les canotiers revenant victorieux de la tempête, avec
les deux hommes qu'ils auront réussi à arracher
au trépas?

Cette accablante incertitude cessa. Un matelot encore tout ruisselant d'eau de mer, la tête
découverte, les pieds nus, saute lestement de
l'embarcation sur le pont : — C'est Goulven! c'est
Goulven ! crient toutes les gens de l'équipage,
en reconnaissant leur audacieux camarade dans
l'homme si miraculeusement sauvé. Un autre
homme, porté avec précaution par les marins
du canot, fut remis évanoui entre les bras des
matelots descendus dans les porte-haubans
pour recevoir ce précieux fardeau. Ce malheureux, privé de sentiment et presque de vie,
c'était le capitaine!

Pendant qu'à force de soins on cherchait à
rappeler à l'existence l'infortuné Chabert, et
qu'un prêtre passager qui se piquait d'être un
peu médecin, avait ordonné, selon le préjugé

absurde du temps, de suspendre l'asphyxié la tête en bas et les jambes en l'air, l'équipage s'entretenait avec bonheur des détails du sauvetage presque inconcevable de son chef, et de l'acte de dévouement du jeune matelot qui avait exposé avec tant de magnanimité sa vie pour lui. Le canot de porte-manteau venait d'être rehissé sur ses palans, et d'être vidé de l'eau qui l'avait à moitié submergé dans sa périlleuse expédition. Le calme était enfin revenu à bord, et toutes les âmes se seraient ouvertes à la joie, si l'évanouissement prolongé du capitaine n'avait pas encore inspiré les plus sérieuses inquiétudes. —C'est Goulven, racontaient les canotiers, qui soutenait sur l'eau le capitaine quand nous avons gouverné sur eux. Sans lui, le capitaine aurait bien pu se vanter d'être flambé sans rémission. C'est un marsouin que Goulven pour la nage, et un agneau pour son peu de rancune! car personne ne pourra dire que ce n'est pas beau que de risquer de se noyer cent fois pour une pour sauver le chef qui vient de vous donner une trempe comme celle qu'il avait reçue dans la soirée !

Pendant toutes ces conversations, que celui qui en était devenu le sujet supportait avec la plus vive contrariété, le jeune marin se promenait sur les passavants du navire, sans vouloir descendre dans le logement pour changer de vêtements. Ce ne fut que lorsqu'on vint le prévenir que le capitaine, revenu à la vie, l'avait demandé auprès de lui, qu'il daigna se rendre dans la grand'chambre, et non encore sans s'être fait répéter deux ou trois fois l'invitation qu'il n'avait d'abord accueillie qu'en grognant.

— Eh bien ! Goulven, lui dit Chabert d'une voix affaiblie, m'en veux-tu toujours beaucoup ?

— Si je vous en avais voulu comme j'en avais le droit, répondit brusquement le matelot, est-ce que je me serais jeté à la mer pour vous en retirer ?

— Touche là, ajouta le capitaine, en tendant vers lui sa main toute tremblante.

Goulven, s'essuyant de ses deux poings les grosses larmes que ces mots de réconciliation venaient de faire rouler dans ses yeux, prit la main de son supérieur, et ne put balbutier que quelques paroles d'attendrissement.

— M. l'abbé ici présent, dit le capitaine en parlant du prêtre qui s'était donné pour médecin, a eu la bonté de faire chauffer du vin pour toi. Bois-en un verre ou deux avant d'aller te reposer dans cette cabane que j'ai ordonné de disposer pour te recevoir, et où tu seras plus à l'aise que dans ton hamac.

— La cabane, je la prendrai puisque vous le voulez; mais le vin chaud de M. l'abbé, je n'en veux pas.

— Mais si pour m'obéir tu prends la cabane, pourquoi refuserais-tu ce vin chaud que je te prie de boire pour me faire plaisir?

— Pourquoi... pourquoi... Parce que c'est

une idée qui me passe actuellement par la tête.

— Toujours donc de la résistance à mes or-dres et à mes prières! Conçoit-on une pareille obstination? Après m'avoir sauvé la vie en sa-crifiant la sienne, me refuser le service d'avaler verre de vin!

— Allons, puisqu'il faut en finir avec ce vin chaud pour vous obéir, qu'on me le donne, et que ce soit une affaire réglée... Mais si vous n'é-tiez pas mon capitaine, et si les ordonnances de la marine ne me commandaient pas de prendre par subordination ce que vous voulez, per-sonne ici, mettez-vous bien ça dans l'idée, ne me ferait avaler, comme je vais le faire, ce verre de vin chaud, qui va, j'en suis bien sûr, me rester toute la nuit sur le cœur.

— Et pourquoi encore ce ridicule entête-ment? demanda, avec plus de douceur que de colère, le capitaine à son matelot.

— Pourquoi? répondit celui-ci, parce qu'en prenant ce verre de vin sucré, ils pourraient croire là-haut, eux autres, que je ne me suis jeté à la mer après vous, que pour attraper quelques bonnes friandises et faire le câlin..... Et c'est qu'aussi ils ont mis, j'en suis sûr, tant de sucre dans cette diable de drogue, qu'on dirait qu'elle sort de chez l'apothicaire.

— Enfant que tu es! reprit Chabert, s'exposer à se noyer mille fois pour moi, et craindre après cela qu'on ne soupçonne que c'est pour attraper un verre de vin chaud qu'il s'est flanqué à l'eau au plus fort d'un grain! Vit-on jamais de pareils scrupules! Allons, achève-moi vite le vin qu'on t'a préparé, et couche-toi ensuite dans cette cabane qui t'est destinée.

Goulven but, se coucha et s'endormit bientôt du sommeil le plus profond auprès du capitaine qu'il avait eu le bonheur d'arracher si miraculeusement à une mort à peu près inévitable.

Le navire l'*Anémone*, à bord duquel venait de se passer le petit événement dont nous avons retracé les détails, avait quitté le port de Bordeaux depuis plus d'un mois pour se rendre à l'Ile-de-France. *L'Anémone* était le premier bâtiment du commerce qui, pendant les préliminaires de paix que l'on devait discuter à Versailles, eût osé prendre la mer avant la conclusion définitive du traité de 1783. Quatre personnes seulement, que des affaires pressantes appelaient dans l'Inde, avaient pris passage sur le trois-mâts du capitaine Chabert. Le plus considérable des hôtes de *l'Anémone* était le comte de Leuvry, vieux gentilhomme qui, ayant obtenu, par la protection de M. de Sartines, une place d'ordonnateur dans nos colonies orientales, se rendait à l'Ile-de-France, accompagné de son épouse, jeune créole de Bourbon, et d'un enfant de neuf à dix ans, qu'il passait pour avoir eu de son mariage avec la jolie Indienne. Un prêtre espagnol, chargé d'une mission évangélique qu'il se proposait de remplir auprès des sujets d'Hyder-Ali, fidèle allié de la France, était le quatrième et le moins intéressant des passagers du navire.

Les premiers jours sous voiles s'étaient écou-
lés à bord de *l'Anémone* sans que le rapprochement forcé qui résulte de la nécessité de
vivre ensemble sur le même bâtiment, eût fait
naître entre le capitaine Chabert et ses compagnons de voyage, cette familiarité que produit
ordinairement le besoin de résister en commun
à l'ennui toujours attaché au cours d'une longue
traversée. Le capitaine Chabert, quoique jeune
et doué d'un extérieur assez avantageux, paraissait avoir dans le caractère un fonds de mélancolie qui, joint à sa gravité naturelle, suffisait pour inspirer une sorte de réserve et de
contrainte aux personnes dont il était entouré;
et bien qu'il se conformât toujours aux règles
de la plus noble politesse à l'égard de ses passagers, on sentait malgré soi qu'il y avait dans
toutes ses manières une certaine froideur assez
peu faite pour encourager les avances de ceux
qui auraient voulu établir avec lui des relations
d'intimité. Cependant, en dépit de l'opinion que

M. et madame de Leuvry avaient pu concevoir
de ce qu'ils s'étaient déjà permis d'appeler la
fierté de leur capitaine, les deux époux n'avaient
pas remarqué sans plaisir l'intérêt que Chabert
paraissait porter à leur jeune enfant, et l'éloignement, tout aussi prononcé au moins, qu'il
semblait éprouver pour l'abbé Salvador, malgré
tout le mal qu'affectait de se donner le futur
missionnaire pour s'attirer la bienveillance du
potentat de *l'Anémone*. Peu de soirées se passaient, en effet, sans que le capitaine, dérogeant
à l'austérité de ses manières et de ses habitudes
hautaines, ne s'amusât du babil et des espié-
gleries de l'héritier de M. le comte de Leuvry;
car le petit Auguste était le seul être qui eût
usurpé à bord le privilége d'approcher à toute
heure du jour, et même pendant les instants
consacrés aux manœuvres du navire, le chef
soucieux de la petite république flottante.

Voyez, disait souvent à ce propos M. de Leuvry
à son épouse, voyez ce que l'isolement auquel sont

livrés les marins peut produire de bizarre dans
leurs idées! Voilà le capitaine Chabert, par exemple, que l'on cite à bon droit pour un homme
au-dessus des gens de sa profession, qui ne peut
échapper, malgré tout le mérite qu'on est forcé
de lui accorder, à l'influence de cette monoma-
nie étrange que fait contracter le séjour de la
mer. Ce malheureux jeune homme, qui crain-
drait peut-être de compromettre la dignité de
son autorité temporaire en nous traitant comme
ses égaux, s'amuse tous les soirs avec notre fils,
comme Henri IV jouait avec ses enfants en rede-
venant lui-même plus enfant que ses marmots ;
il va même quelquefois jusqu'à le faire sauter
sur ses genoux, en cherchant à deviner, pour
le satisfaire, ses plus folles fantaisies; et le mo-
narque absolu qui daigne à peine nous honorer
de quelques mots d'entretien s'oublierait, Dieu
me pardonne, jusqu'à faire une partie d'osselets
aux yeux de tout son équipage, pour divertir
ce capricieux bambin de neuf ans!...

— Vous vous trompez, je crois, monsieur, répondait madame de Leuvry au comte, en attribuant à un sentiment de fierté ou d'orgueil cette répugnance que le capitaine semble avoir pour ces longues conversations que vous voulez à chaque instant entamer avec lui. Cet homme, autant que j'en puis juger, cache sous des dehors froids et chagrins une âme vive et sensible. Je me suis quelquefois aperçue qu'il suffisait même que quelque chose d'inattendu le frappât, pour qu'il se montrât fortement impressionné. N'avez-vous pas vous-même remarqué l'attachement, qu'à travers toute son impassibilité apparente, il porte à ce jeune matelot dont il a pris soin depuis son enfance?

— Ah! oui, à ce jeune Goulven, n'est-ce pas, avec qui il se querelle toujours par distraction?

— Eh bien, pensez-vous que ce soit là l'indice d'un cœur égoïste et glacé?

— Non; mais aussi comme il vous arrange quelquefois son élève de prédilection! Vous rap-

pelez-vous la correction qu'il lui avait adminis-
trée ce jour où il est tombé à la mer quelques minutes après sa ridicule scène d'emportement?

— Tenez, moi, je suppose que ce capitaine
a éprouvé dans sa vie quelque grand sujet d'affliction, et, selon moi, ce n'est là ni un homme
ni une âme ordinaire.

— Achevez son panégyrique, madame, pendant que vous y êtes, et avouez avec franchise
que puisqu'il aime Auguste à l'idolâtrie, c'est
le plus parfait et le plus adorable de tous les
hommes... Et cependant vous savez, vous, pauvre et innocente victime, ce que l'on doit penser
en général de ces marins lorsqu'ils peuvent impunément se livrer sur mer à l'extravagance de
leur caractère et de leurs passions?.. Néanmoins,
ajoutait M. de Leuvry à la suite de tous les entretiens semblables, néanmoins le capitaine,
sous la dépendance duquel nous nous trouvons
placés en ce moment, me paraît avoir sur ses
autres confrères un avantage qui n'est pas tout-

à-fait à dédaigner... Il est noble, et il passe pour
appartenir à une ancienne famille d'épée... J'ai
même eu lieu de remarquer que son véritable
nom était *de Chabert*, et non pas simplement
Chabert... Mais comment, me suis-je souvent
demandé, une personne de qualité a-t-elle pu,
sans des motifs les plus difficiles à expliquer,
se résoudre à exercer une profession aussi peu
relevée que celle de capitaine du commerce et
de conducteur de barque marchande ?

Les idées aristocratiques que laissait ainsi
percer le comte de Leuvry, dans l'intimité de
ses confidences, pouvaient donner, à peu de
chose près, la mesure de l'élévation de son caractère et de la portée de son esprit. Envoyé
dans sa jeunesse à l'Ile-de-France pour y occuper un petit emploi que le peu de fortune dont
il avait merité lui rendait nécessaire, le noble
protégé de M. de Sartines n'avait cherché que
dans le jeu et la dissipation les moyens de soutenir le faste qu'il voulait afficher. Couvert de

dettes et ne possédant plus qu'un nom avec lequel il lui semblait toujours possible de rétablir ses affaires, il avait fini par accepter un mariage avantageux, comme la seule ressource qui lui restât pour échapper au dénuement le plus absolu. La main d'une jeune et riche créole enfin lui avait été offerte dans un âge où, malgré la bonne opinion qu'il pouvait avoir de son amabilité, il n'aurait pas dû prétendre à rencontrer un parti si brillant; mais ce parti s'était présenté au comte de Leuvry avec des circonstances tellement singulières, que tout autre qu'un gentilhomme ruiné aurait peut-être hésité à faire faire à l'hymen qu'on lui proposait le sacrifice que l'on avait osé attendre de sa délicatesse. La jeune personne qu'il avait consenti à épouser était devenue mère deux ou trois mois après son mariage avec le comte de Leuvry; et l'éclat produit par un événement que toutes les précautions prises en pareil cas n'avaient pu tenir secret, avait été tel que le comte et sa

nouvelle épouse s'étaient vus forcés de s'absen-
ter de l'Ile-de-France, pour donner le temps à
la malignité publique d'oublier le singulier incident qui avait signalé la date de leur union.

En France, où les scrupules du grand monde
se lassent de poursuivre long-temps les gens
dont une belle fortune peut faire pardonner les
torts, le comte et sa jeune femme furent ac-
cueillis à la cour avec toute la bienveillance
qu'inspirait encore à cette époque un nom
antique porté par une riche et jolie femme. Les
protecteurs que M. de Leuvry avait intéressés
quand il n'était que jeune et pauvre, il les re-
trouva plus zélés que jamais en revenant à eux
opulent et brillamment marié; et lorsqu'enfin,
à la paix de 1783, la France eut recouvré assez
de possessions coloniales pour que le ministère
pût donner à dévorer à ses créatures des places
lucratives et commodes dans un établissement
lointain, l'emploi d'ordonnateur à l'Ile-de-France
fut offert à M. de Leuvry, comme une juste ré-

compense de ses anciens services et un léger
dédommagement des persécutions qu'il disait
avoir essuyées pour le bien de l'État pendant son
premier séjour dans l'Inde.

C'était pour aller prendre possession de cette
grasse sinécure que M. le comte s'était embarqué à Bordeaux avec son épouse et son jeune
fils, et qu'ils faisaient voile pour revoir l'Ile-de-
France, après avoir passé huit ou neuf ans à
Paris et dans les provinces, au milieu de la
dissipation du luxe et de l'ivresse des plaisirs.

II.

Le lendemain de sa chute à la mer, le capitaine Chabert reparut sur le pont de *l'Anémone*,
encore tout souffrant de l'impression et de l'émotion douloureuses qu'il avait éprouvées la veille.
L'occasion était belle pour les passagers d'exprimer à leur capitaine l'intérêt qu'ils attachaient à sa conservation et les vœux qu'ils for-
maient pour son prompt rétablissement. L'abbé

Salvador, le premier, s'empressa de féliciter Chabert et de rendre grâce à la Providence de la visible protection qu'elle avait bien voulu accorder au navire, en permettant que son capitaine fût retiré des flots par l'effet d'une circonstance heureuse qu'il n'hésiterait pas à regarder comme un miracle. Chabert remercia froidement l'emphatique complimenteur, en tempérant par quelques paroles polies ce que l'accueil qu'il venait de faire au discours de l'orateur évangélique aurait pu avoir de trop sec ou de trop dédaigneux pour l'amour-propre de l'éloquent apôtre de la foi. Le comte de Leuvry, en homme qui sait mieux son monde, n'adressa aucune félicitation au capitaine ; il se contenta de lui tendre la main avec effusion et de lui présenter le petit Auguste, qui courut se jeter tout transporté de joie dans les bras du capitaine tout ému. A la suite de cette petite scène d'effusion, la conversation entre Chabert et les passagers prit un ton plus facile et moins circonspect que celui qu'elle avait toujours conservé depuis le départ. Madame de Leuvry elle-même, entraînée par le tour familier que pour la première fois venait de revêtir l'entretien, se hasarda à dire quelques mots qui, sous la forme la plus simple et la plus gracieuse, exprimèrent au capitaine l'effroi que son accident de la veille avait inspiré à la belle voyageuse. Le comte, pour sauver au convalescent l'embarras d'une réponse peut-être embarrassante, saisit avec tact l'occasion que lui offrait l'aveu de madame de Leuvry, pour expliquer et justifier la peur que le moindre événement de mer devait causer à sa femme.

— Savez-vous bien, messieurs, dit en souriant le comte, qu'il n'a fallu rien moins que beaucoup de courage à madame de Leuvry et toute la confiance qu'elle a placée dans le capitaine Chabert, pour qu'elle ait consenti à braver une troisième fois les périls d'une traversée.

— Mais, reprit l'abbé Salvador, quelle répugnance irrésistible la mer, au sein de laquelle madame la comtesse a pour ainsi dire reçu le jour, a-t-elle pu lui inspirer? Toutes les dames créoles ne sont-elles pas dès leur plus tendre enfance un peu familiarisées avec l'élément qui entoure leur berceau?

— Sans doute, répliqua le comte ; mais si toutes les dames créoles avaient éprouvé, pour leur première campagne, les mêmes malheurs que la comtesse, aucune d'elles, j'en suis moralement convaincu, ne voudrait se hasarder à entreprendre, comme madame, une troisième promenade à travers les deux océans.

— Madame de Leuvry a donc déjà essuyé un naufrage? demanda le capitaine en jetant un regard étonné sur la comtesse, qui lui parut livrée en cet instant à une préoccupation pénible.

— Bien mieux que cela, s'écria le comte, sans donner à sa femme le temps de répondre un mot au capitaine.

— Bien mieux qu'un naufrage ! dit l'abbé,

tout surpris; mais il me semble cependant qu'en fait de drames maritimes, un naufrage est déjà quelque chose d'assez remarquable.

— Et pourquoi donc, reprit M. de Leuvry, comptez-vous un combat meurtrier et un abordage contre des pirates?

— Contre des pirates! fit Chabert.

— Oui, contre des pirates, ni plus ni moins que cela, monsieur le capitaine! Mais c'est toute une histoire que cette aventure-là, qui date déjà de dix ans; et c'est à madame seule qu'il appartient de vous la raconter, car il faut avoir été soi-même victime ou témoin d'un si cruel événement, pour pouvoir le retracer avec l'affreuse fidélité qu'exigent les détails d'une telle catastrophe.

La curiosité du capitaine venait d'être trop vivement excitée par les dernières paroles échappées au comte, pour qu'il ne s'empressât pas de se joindre aux instances de l'abbé Salvador, pour engager madame de Leuvry à faire le ré-

cit de sa terrible aventure. La comtesse hésita
quelque temps à se rendre aux vœux que lui
exprimaient Chabert et l'abbé ; elle semblait
même savoir mauvais gré à M. de Leuvry d'a-
voir réveillé dans son esprit le souvenir d'une
circonstance aussi funeste. Un sentiment indéfinissable de gêne et de contrariété paraissait
s'être emparé d'elle, en donnant à ses traits l'expression de la plus visible contrainte... Mais,
vaincue enfin par les prières réitérées de l'abbé,
et surtout par le prix que le capitaine attachait
au récit qu'il s'était disposé à entendre, madame de Leuvry se recueillit un instant pour
rassembler ses idées.

La soirée était douce et calme en ce moment,
comme à la fin de ces jours délicieux que le ciel
ne laisse descendre que sur ces mers si mystérieusement chastes qu'entourent les tropiques
dans leurs cercles de feu. Le navire, livrant à
la tiède haleine de la brise alisée ses ailes trans-
parentes, effleurait les flots sans faire même

murmurer sous sa proue les vagues argentées qu'il renvoyait, en se jouant, sur le léger clapotis formé par son sillage.

Une tente avait été dressée, dès le matin, sur le gaillard d'arrière, et, à l'abri de cette mouvante toiture, où venait se réfugier la fraîcheur des nuits, s'était assis le groupe des passagers et des officiers. Un homme seul de l'équipage se trouvait placé, immobile et droit, dans cette partie privilégiée du bord : c'était Goulven, qui, la roue du gouvernail sous la main et l'œil sur la boussole, faisait suivre attentivement à *l'Anémone* la route que l'officier de quart lui avait donnée. Le calme qui régnait à cette heure, déjà avancée, de la soirée n'était interrompu, de temps à autre, et à de rares intervalles, que par la voix monotone d'un vieux matelot qui, accoudé sur le bossoir d'avant, psalmodiait une ancienne complainte dont les accents allaient se perdre avec le souffle fu-

gitif des vents, ou se confondre avec les sou-
pirs mélancoliques des flots.

— Il y a dix ans, dit madame de Leuvry,
après un moment de réflexion, que ma famille,
voulant m'envoyer à Paris, dans une pension où
les jeunes personnes de la colonie allaient achever leur éducation, me confia aux soins d'une
de mes vieilles parentes qui se rendait en Europe. Comme, à cette époque, la France était
en paix avec l'Angleterre, et que les longs voya-
ges paraissaient plus sûrs à bord des gros bâtiments anglais que sur les bâtiments de notre
nation, on arrêta mon passage et celui de ma
parente à bord d'un fort navire de Londres,
qui devait en passant nous débarquer à Brest.
Nous partîmes du Grand-Port de l'Ile-de-France
avec plusieurs autres passagers créoles comme
nous, et je me rappelle que pendant dix à douze
jours de navigation, j'éprouvai tout ce que peut
donner de souffrances le mal de mer joint à
la douleur de quitter pour la première fois son

pays et sa famille. Les vents, cependant, avaient continué de nous favoriser depuis notre départ, et l'on parlait, je crois, déjà de passer auprès du Cap de Bonne-Espérance, lorsqu'un matin le capitaine de notre bâtiment aperçut auprès de nous un autre navire, qui semblait, disait-on, chercher à nous parler. La curiosité, si naturelle à des personnes que le séjour de la mer livre sans distraction à tout l'ennui d'une traversée, engagea tous les passagers à monter sur le pont pour jouir du plaisir de voir le bâtiment qui nous approchait, et que nous attendions... Je crois encore, en cet instant même, avoir sous les yeux le spectacle que nous offrait ce bâtiment, bien plus petit que le nôtre ; tant les suites de cette fatale circonstance ont profondément gravé dans ma mémoire les moindres détails d'un événement que nous n'avons eu que trop à déplorer... Ce navire, qui glissait sur l'eau avec la rapidité d'un oiseau de proie, était tout noir ; et ce qui ajoutait encore quel-

que chose d'effrayant à l'aspect sinistre qu'il
présentait, c'était le grand nombre des matelots dont il paraissait couvert. Notre capitaine,
redoutant, mais trop tard, l'approche de cet
effroyable voisin, dont il ne s'était pas d'abord
assez méfié, s'efforça d'éviter sa rencontre par
tous les moyens qu'il pouvait encore mettre en
usage ; il n'était déjà plus temps... Quelques
coups de canon lancés par le corsaire, car c'é-
tait un corsaire ou plutôt un pirate, vinrent nous
glacer de frayeur... — Descendez, descendez
dans la cale ! nous crie notre capitaine ; le combat va s'engager... Aussitôt nos marins s'apprê-
tèrent à résister ; nous n'avions, nous, que
quelques canons pour nous défendre contre un
ennemi bien mieux armé que nous ne l'étions.
Mais, malgré ce désavantage si grand, le capitaine anglais s'obstina à combattre, et nous
n'entendîmes plus, dans le fond de la cale, où
l'on nous avait placés, que le bruit de l'artillerie et les cris des blessés... Une heure se passa

à peu près dans cette anxiété si cruelle pour de pauvres femmes... Nous nous mourions toutes de peur... Quelques matelots ensanglantés furent descendus sur nos têtes pour être secourus par un chirurgien que l'on avait aposté au milieu de nous... Bientôt le bruit de l'artillerie cessa, mais pour nous laisser entendre un bruit plus affreux encore, s'il est possible, que le fracas des boulets : les deux bâtiments s'étaient rapprochés l'un de l'autre, et allaient se heurter; aux sourds mouvements que nous ressentions dans notre refuge, où l'eau qui entrait de toutes parts menaçait de nous inonder, nous devinâmes que les matelots du corsaire et les nôtres allaient se massacrer... Je n'essayerai pas de vous retracer les scènes de carnage qui semblaient encore épouvanter mes regards, de toute l'horreur dont je fus saisie en cet effroyable moment. Nos marins anglais, poursuivis jusque sous nos yeux par leurs assassins, venaient se traîner à nos pieds et se cacher parmi nous,

en implorant vainement la pitié de leurs bourreaux...

Après une demi-heure de boucherie, notre
bâtiment fut capturé, et l'on nous transporta,
évanouies, demi-mortes, à bord du corsaire, à
travers des ruisseaux de sang, et au milieu des
amas de cadavres entassés sous nos pas...

Une seule chose frappa ma vue, en arrivant
sur le nouveau bâtiment; et malgré l'état de
stupeur et d'insensibilité auquel j'étais livrée,
je me souviens que tous les forbans qui venaient
de nous soumettre à leur puissance s'étaient
barbouillé le visage de noir, pour ne pas courir le risque d'être reconnus plus tard, dans le
cas où la Providence viendrait à épargner quelqu'un de nous. Cette précaution singulière,
qui donnait à leurs traits hideux un aspect in-
fernal, produisit sur moi un tel effet, que c'est
là peut-être la seule circonstance qui ait pu affecter un peu vivement mes sens anéantis,
pendant mon séjour à bord du corsaire. La

vieille parente qui m'accompagnait m'a assuré,
depuis, que celui qui paraissait être le chef
des pirates avait eu pour nous plus d'égards
que l'on n'aurait été en droit d'en attendre de
pareilles gens. Plus maîtresse que je ne pouvais
l'être, de la frayeur qu'elle avait éprouvée d'a-
bord comme nous, ma parente a pu se rappeler
mieux que moi ce qui se passa dans ces instants d'épouvante et d'horreur. Mais quant à
moi, grâce à l'effroi qui me dominait, j'ai
ignoré complétement, dans une espèce de chambre où l'on m'avait déposée, la plus triste partie peut-être des événements dont nous venions
d'être les victimes... Seulement, en recueillant
plus tard mes souvenirs les moins confus, je
pus retrouver dans ma mémoire l'accent d'une
faible voix qui répétait à mon oreille assoupie :
Ne craignez rien, il ne vous sera rien fait!
C'était, m'ont dit depuis les autres passagers
et ma parente, un tout jeune matelot, un enfant du corsaire, qui cherchait ainsi, par pitié

pour ma situation, à me rassurer sur le sort que me réservaient les misérables dont il était sans doute l'élève ou l'esclave..... »

En entendant ces derniers mots, Goulven, qui, toujours placé à la roue du gouvernail, n'avait pas cessé de prêter l'oreille la plus attentive au récit de madame de Leuvry, jeta au capitaine Chabert un regard de feu, auquel l'ombre de la nuit donnait une effrayante expression. Chabert, redoutant l'effet de ce coup d'œil d'intelligence sur ceux qui auraient pu le remarquer, se releva brusquement pour s'écrier en s'adressant à l'imprudent Goulven :

— Eh bien, maladroit, te lasseras-tu bientôt de nous faire faire des embardées de trois ou quatre quarts sur chaque bord?

Goulven, qui comprit de suite le reproche indirect que cachait, pour tout autre que lui, cette brusque semonce, répondit cette fois avec plus de soumission que d'entêtement à son capitaine :

— Capitaine, c'est que, voyez-vous, le navire est un peu difficile à tenir droit en route, avec le vent juste en poupe. Depuis une heure, nous sommes plat vent-arrière.

— Oui, difficile à gouverner, n'est-ce pas? quand le timonier écoute trop attentivement ce que l'on dit auprès de lui! Mais si tu t'avises d'avoir encore des distractions à la barre, je me chargerai, moi, de te faire jeter plus souvent l'œil sur ton compas de route !

Pour adoucir ce que ce mouvement de colère, dont il n'avait pas été maître, pouvait avoir eu de trop vif, ou peut-être de trop significatif pour les passagers, Chabert reprit, en s'efforçant de sourire, la place qu'il avait quittée un instant, et, dissimulant l'émotion qui l'agitait, il dit à la comtesse :

— Et combien de temps, madame, restâtes-vous à bord du corsaire qui vous avait capturés?

— Tout un jour, répondit madame de Leuvry. Ce ne fût même qu'après avoir pillé notre bâtiment à moitié rempli d'eau, qu'ils se décidèrent à nous renvoyer sur lui, et à nous abandonner à la merci des flots, avec ceux de nos malheureux marins qui avaient échappé au massacre. Notre capitaine avait été tué dans le combat ; un seul officier nous était resté, et ce fut ce jeune homme qui se trouva chargé de nous · conduire à la première terre que nous pourrions atteindre.

— Et par quel miracle fûtes-vous sauvés ? demanda Salvador, qui voyait des miracles partout.

— Un bâtiment français qui se rendait à Bourbon nous rencontra trois jours après que le corsaire nous eût abandonnés. Des signaux de détresse, que nous eûmes le bonheur de lui faire comprendre, l'engagèrent à se diriger sur nous ; et dès qu'il eut pris connaissance de l'état de délabrement dans lequel nous nous trouvions sur notre navire, et qu'il eut vu le danger que nous courions, il s'empressa de nous secourir, en nous offrant même de nous recevoir à son bord. Cette généreuse proposition fut acceptée avec transport, comme vous devez bien le penser; et à peine eûmes-nous quitté le bâtiment anglais, avec lequel nous avions espéré encore pouvoir gagner le Cap de Bonne-Espérance, qu'il disparut sous les eaux. Rencontrés quelques heures plus tard par le navire français, notre perte à tous était inévitable; déjà même, lorsque nous fûmes sauvés, une tempête affreuse s'élevait, et la nuit qui suivit le jour de notre délivrance fut même des plus terribles pour le bâtiment qui nous avait recueillis... Enfin, après trois semaines, pendant lesquelles notre libérateur nous combla d'égards et de soins, nous fûmes tous débarqués à l'Ile-de-France, d'où nous étions partis deux mois auparavant, si remplis de sécurité et d'espérance! »

Madame de Leuvry, en achevant ce récit d'une voix altérée, attira son jeune fils sur son

sein, et laissa tomber sur le front de son enfant les larmes que venait de lui arracher le
souvenir d'un événement encore si présent à
son imagination. Chabert, les yeux fixés sur les
traits de la jeune femme, gardait le silence;
l'abbé Salvador, feignant de partager l'affliction
que la douloureuse pensée de cette aventure
avait réveillée dans le cœur de la comtesse, se
montrait trop attendri pour se hasarder à
troubler l'espèce de recueillement qui avait
suivi les paroles que l'on venait d'entendre.
M. de Leuvry, plus maître de lui-même que
les autres auditeurs, et moins vivement touché
qu'eux, de l'histoire d'une catastrophe qui,
depuis long-temps, devait avoir perdu pour
lui le saisissant de la nouveauté, éleva seul la
voix pour s'écrier du ton le plus faux, par
rapport à la situation d'esprit de tout l'audi-
toire :

— Mais un fait que madame de Leuvry a
omis d'ajouter à sa narration, et que vous ne

voudriez jamais croire, s'il n'était attesté par
les personnes dont il a le plus justement excité
l'étonnement, c'est que jamais on n'a pu découvrir aucune espèce d'indice sur le compte
du pirate qui venait de laisser, sur les mers cependant les plus connues, la trace sanglante de
son passage.

— Comment, reprit l'abbé, pas même le
plus léger indice ?

— Non, monsieur l'abbé, pas même ce qui
s'appelle le plus vague renseignement. Des
conjectures plus ou moins hasardées et presque sans probabilités, voilà tout. Les uns pré-
tendaient que le pirate, que l'on avait déjà
signalé à la vigilance des navires de guerre, ne
pouvait être qu'un corsaire malais ; les autres
soutenaient que, selon toutes les apparences,
c'était un forban des îles de la Sonde. Mais
comment, pour admettre de semblables suppositions, aurait-on pu, avant tout, penser qu'un
corsaire malais ou chinois se fût hasardé à

venir croiser jusqu'à la hauteur du Cap de Bonne-Espérance? Un fait qui d'ailleurs a été constaté, et qui prouvait jusqu'à la plus parfaite évidence l'invraisemblance de ces suppositions, c'est qu'à bord du pirate en question presque tous les hommes de l'équipage parlaient français. Or, je vous le demande, quel est le corsaire indien qui jamais ait été manœuvré et monté par des marins de nos contrées?

— Et comment, demanda l'abbé à M. de Leuvry, M. le bailli de Suffren, qui a poursuivi pendant cinq ans les pirates dont les mers de l'Inde sont infestées, n'a-t-il pu réussir à découvrir la trace du misérable auteur d'un pareil attentat? Les Anglais eux-mêmes, qui passent pour exercer une si grande surveillance sur les côtes des pays soumis à leur domination, n'étaient-ils pas surtout intéressés à venger sur ces misérables le massacre de leurs compatriotes et la spoliation d'un des bâtiments de leur commerce?

— M. le bailli de Suffren, répondit le comte, est sans doute un grand homme de mer et un marin intrépide ; mais sa prévoyance, quelque immense qu'elle soit, ne peut pas embrasser l'étendue de tous les événements qui ont lieu sur les deux océans. Quant aux Anglais, vous savez assez l'indulgence qu'ils ont pour les forfaits qui se commettent assez loin de l'Europe pour ne produire qu'une faible impression sur l'esprit de leur nation,

— Mais enfin, un capitaine de pirates, mis avec son navire au ban des peuples civilisés, ne doit pas trouver si facilement un refuge, qu'on ne puisse parvenir, avec un peu de bonne volonté, à le découvrir dans la retraite où il a cru pouvoir ensevelir le fruit et le souvenir de ses crimes ; car, en définitive, un bâtiment, quelque petit et quelque léger qu'il soit, ne doit pas, à mon avis du moins, réussir à effacer la trace de son passage sur mer, comme un aigle ou un vautour parvient à cacher son vol au

milieu de sairs! Au reste, je m'en rapporte là-
dessus au capitaine Chabert, et je suis bien
certain d'avance que le mystère dont l'aventure de madame la comtesse a été jusqu'ici
enveloppée lui paraîtra, comme à moi, une
chose tout-à-fait inexplicable. »

Au moment même où Salvador invoquait
ainsi le témoignage du capitaine à l'appui de
son opinion, il remarqua que celui-ci se promenait seul à grands pas à quelque distance de
l'endroit où la conversation s'était engagée.....
M. de Leuvry, sans se douter de l'indiscrétion
qu'il s'exposait à commettre en allant arracher
Chabert à ses méditations, s'avança vers lui,
et, ne tenant compte, en cet instant, que du
prix de la confidence qu'il avait à lui faire, il
l'attira à l'écart pour lui dire à voix étouffée :

— Madame la comtesse, en vous racontant
l'événement auquel vous avez pris un si grand
intérêt, a oublié de vous faire connaître une
des circonstances les plus fatales de son histoire.

— Et quelle circonstance, monsieur? demanda Chabert, avec un trouble que le comte n'attribua d'abord qu'à la pitié que le récit de sa femme avait excitée dans l'âme du capitaine.

— Une circonstance des plus étonnantes, reprit M. de Leuvry, et dont on ne manquera pas de vous entretenir à votre arrivée à l'Ile-de-France ; car rien ne peut me porter à supposer que pendant mon absence les charitables langues du pays auront oublié un des épisodes les plus marquants de mon existence.

— Jusqu'ici, répliqua le capitaine, qui avait eu le temps de reprendre un peu de calme pendant le long préambule du comte, j'ignore, je l'avoue, ce que vous voulez bien me faire l'honneur.....

— Deux mots suffiront pour vous apprendre un secret que la comtesse n'a pu vous révéler et dont elle a même dû s'épargner l'aveu. Mais moi, qui ne crois pas avoir les mêmes motifs qu'elle pour garder, sur un fait que tout le

monde connaît à l'Ile-de-France, une discré-
tion inutile, je vous dirai tout uniment que
l'enfant de madame de Leuvry n'est pas à moi.

— Quoi ! s'écria le capitaine étourdi de cette
confidence, ce petit Auguste ne serait pas...

— Eh, mon Dieu, non, mon cher monsieur,
il n'est que trop vrai que l'enfant de ma femme
n'est pas le mien, quoiqu'il ait reçu mon nom;
et l'avantage que j'ai sur beaucoup d'autres ma-
ris, c'est de savoir très-pertinemment, et de manière à n'en pas douter, que je ne suis pas le
père de mon fils... Une rapide et sincère expo-
sition des faits va vous expliquer cette énigme...
Vous saurez, ajouta le comte en se rapprochant du capitaine pour lui parler plus bas, que
peu de temps après le brusque retour de mademoiselle Élisa Despamiers à l'Ile-de-France dans
sa famille, et à la suite de l'événement qu'elle
vous a appris, les parents de la jeune victime
acquirent la certitude la plus cruelle qui pût
affliger leur tendresse. Leur fille, pendant sa

détention sur le navire pirate, avait été sacri-
fiée à la brutalité du chef de ces monstres. On
entrevit bientôt, avec un effroi que vous con-
cevrez, l'instant où elle deviendrait mère sans
qu'elle eût supposé elle-même les suites qu'un
malheur dont elle ignorait les conséquences allait faire rejaillir sur sa famille. Je connaissais
les parents de mademoiselle Despamiers : je fus
témoin de leurs angoisses, et je savais la pureté
de l'infortunée qu'un préjugé funeste pouvait
immoler une seconde fois sans pitié à la malignité de ceux qui n'avaient déjà vu dans son infortune qu'un sujet de raillerie ou de sarcasme.
J'osai, puisqu'il faut vous le dire, soit commisération pour la victime ou indignation contre
les nouveaux persécuteurs qu'elle rencontrait
dans la société, j'osai concevoir l'espoir de la
venger des outrages d'une opinion barbare et de
l'injustice d'un sort inexorable. Je demandai sa
main, en offrant de donner mon nom au fruit d'un
crime qui avait triomphé de sa pudeur sans flé-

trir son innocence. Ma proposition fut acceptée par les parents de la jeune Élisa, non pas comme un sacrifice de ma part, mais comme une réparation qu'un honnête homme libre et fier devait offrir avec un noble orgueil à l'innocence de leur fille. Je devins enfin l'époux de mademoiselle Despamiers, et, loin de chercher à cacher sa position et la mienne, je me fis une sorte de point d'honneur de ne laisser ignorer à personne les motifs qui avaient dicté ma conduite et inspiré mon dévouement. Les braves gens m'approuvèrent ; les malheureux, qui feignirent de ne voir dans ma résolution qu'une lâche spéculation fondée sur la fortune de ma femme, blâmèrent un acte qui m'élevait au-dessus de leurs calomnies. L'opinion des premiers suffisait à ma consciencee : je dédaignai de me venger ou de m'affliger de la méchanceté des âmes qui s'étaient montrées assez viles pour ne pas rendre hommage à la générosité de mes sentiments et de mon caractère. J'avais contracté.

en devenant l'époux de mademoiselle Despamiers, l'obligation de donner mon nom à l'enfant qu'elle portait dans son sein. Un devoir de
magnanimité accepté avec la ferveur d'un cœur
comme le mien, me semblait ne pas devoir être
accompli à demi... Ma parole, je l'ai tenue sans
restriction; mes engagements, je m'en suis ac-
quitté avec autant de joie que de fidélité... Aujourd'hui, le fils de mademoiselle Despamiers
ne porte pas un autre nom que celui que j'ai
reçu de mes ancêtres... A ma place, auriez-
vous agi autrement que je n'ai agi!...

—A votre place, monsieur le comte, murmura
Chabert, j'aurais fait, je crois, comme vous,
si le ciel avait permis que je me trouvasse à
même de réparer...

— J'en étais convaincu, reprit vivement le
comte, tous les cœurs honnêtes ont depuis con-
stamment approuvé ma conduite, et j'étais d'a-
vance persuadé que votre approbation ne me
manquerait pas. Mais, voyez-vous, je ne vous

cacherai point que j'étais bien aise de vous confier moi-même, et pour prévenir toutes les in-
terprétations fâcheuses qui auraient pu vous
être suggérés plus tard, j'étais bien aise, ai-je
dit, de vous confier un secret qui n'en sera plus
un pour personne dès notre arrivée dans la colonie; car en vérité les bons habitants de l'île
dont j'ai maintenant l'honneur d'être l'ordonnateur en chef ont donné, dans le temps, un tel
retentissement à mon mariage avec mademoiselle Despamiers, que je serais bien étonné qu'ils
eussent oublié déjà l'événement qui les remua
si profondément il y a quelques années et que
mon retour dans le pays va sans doute leur remettre en mémoire. »

L'observateur qui, sans entendre la conversation de M. de Leuvry et de Chabert, aurait
pu remarquer la contenance des deux interlo-
cuteurs, n'eût pas manqué probablement de
saisir le contraste que formait le ton aisé et presque enjoué du comte, avec l'attitude incertaine

et gauche qu'avait prise le capitaine en écoutant les paroles de son passager. Toute autre personne moins préoccupée que M. de Leuvry de la révélation qu'il avait à faire à son compagnon de voyage, n'aurait pu s'empêcher d'être frappée du malaise et de l'impatience que trahissaient la figure et les mouvements de Chabert. Mais, dominé tout entier par les idées qu'il avait à exprimer, le comte se douta à peine de l'émotion qu'il venait de produire sur l'homme à qui il n'avait cru faire qu'une confidence ordinaire ; ou il n'attribua du moins cette émotion qu'à l'intérêt qu'il était parvenu à exciter dans l'esprit du dépositaire de son secret. Il quitta le capitaine, très-satisfait de l'avoir initié à un mystère que depuis long-temps il avait cherché l'occasion favorable de lui révéler.

Livré, après le départ du comte, à la plus violente agitation, Chabert se promena long-temps à pas précipités sur le pont de son navire. Deux ou trois heures s'étaient déjà écou-

lées sans qu'il eût, contre son habitude, adressé
la parole à l'officier de quart ou au timonier
chargé de tenir la barre du gouvernail. Le seul
homme du bord qui, pendant ces moments de
taciturnité assez ordinaires au capitaine, eût
conservé le privilége de l'arracher impunément
à ses nocturnes rêveries, n'avait pas encore osé
l'aborder, et le pauvre Goulven, en voyant son
supérieur oublier ainsi le temps qu'il aurait dû
consacrer au repos, s'était plusieurs fois dit en
lui-même : Je savais bien, moi, que cette nuit
il se passerait quelque chose de nouveau dans
sa tête ! Mais, trop circonspect pour s'exposer à
la colère de son capitaine par un avertissement
intempestif, et respectant beaucoup plus aussi
sa douleur que la susceptibilité qu'il lui connaissait, le jeune favori de Chabert, rude et
sauvage favori s'il en fut jamais, s'était résigné
à attendre sur le pont l'instant où il plairait à
son protecteur de se retirer dans son petit appartement...

Le soleil cependant commençait à poindre à l'horizon; la fraîcheur du matin, la seule que l'on connaisse sous les tropiques, avait exhalé son haleine vivifiante et ses parfums pénétrants sur les flots encore assoupis. Les gens de l'équipage, se réveillant avec l'aurore, s'étaient joints aux hommes de quart pour se partager les travaux qui renaissent à bord avec l'aube de chaque journée. Le navire allait enfin reprendre de la vie et du mouvement, et Chabert, pour s'isoler d'un bruit et d'un spectacle qui l'auraient importuné, songea alors seulement à gagner sa chambre. Le lit étroit sur lequel il était accoutumé à ne prendre que quelques instants de sommeil, le reçut tout habillé; et sans chercher à goûter un repos qu'il n'osait plus espérer, il se sentit presque heureux de pouvoir seul, et en toute liberté, s'abandonner aux pénibles réflexions qui l'avaient déjà si cruellement tourmenté.

Une main cependant, au moment où il croyait

n'avoir à redouter ni l'approche ni les importunités de personne, vint entr'ouvrir brusquement
les rideaux de son lit... Irrité de l'audace de
celui qui ne craignait pas de troubler ainsi la
solitude qu'il avait cru s'assurer, le capitaine
demanda d'une voix tonnante :

« — Qu'y a-t-il et que me veut-on?

— Rien, capitaine! répond mystérieusement
Goulven.

— Et pourquoi alors t'es-tu permis d'entrer
ainsi dans ma chambre sans que je t'aie demandé?

— Pour vous dire tout simplement une
chose...

— Et quelle chose si pressée encore ?

— Pour vous dire la chose que... que le petit Auguste est votre fils !

Et sans oser ajouter un mot, un seul mot à
cette foudroyante révélation, Goulven s'esqui-
ya, en remontant le plus légèrement qu'il put
les escaliers de la chambre, et alla se blottir
devant dans son hamac pour regagner, en dor-

mant jusqu'à midi, les instants de sommeil qu'il avait perdus pendant les sept ou huit heures d'observation qu'il avait passées sur le pont à entendre le récit de madame de Leuvry et à guetter les mouvements de son capitaine.

Le capitaine Chabert et le matelot Goulven, que nous avons commencé à faire connaître à nos lecteurs, et qui occupent maintenant une place dans notre narration, sont devenus peut-être sous notre plume des personnages déjà assez importants pour que nous songions à leur accorder une mention toute spéciale avant de poursuivre le récit des événements auxquels l'existence de ces deux héros mystérieux se trouve désormais essentiellement attachée ; et comme cette fatalité qui préside souvent au sort des humains, a voulu que la destinée du capitaine fût liée à celle de son fidèle compagnon, nous pourrons, en retraçant une seule histoire, léguer d'un seul trait deux portraits célèbres à la postérité, à l'exemple des artistes de l'anti-

quité, qui faisaient passer du même jet deux
profils jumeaux sur le même médaillon; triste
célébrité peut-être que celle que nous avons à
consacrer aux deux marins qui vont devenir
l'objet du chapitre suivant!

III.

Fils puîné d'une ancienne et riche famille du
Poitou, le jeune chevalier de Chabert avait
montré dès sa plus tendre enfance un penchant
si irrésistible pour la marine, que ses parents,
craignant de lui voir embrasser malgré eux la
profession que lui avaient pour ainsi dire tra-
cée son caractère décidé et ses goûts aventu-
reux, se déterminèrent à l'envoyer à Brest,

pour prévenir, en cédant à ses vœux, la violence
qu'ils n'auraient pas manqué de faire à leurs
volontés. Avec de la naissance et de la fortune,
l'héritier du marquis de Chabert rencontra, au
début de la carrière qu'il brûlait de parcourir,
tous les avantages qui pouvaient flatter et satisfaire son ambition précoce. Le comte d'Estaing, à qui il était recommandé par quelques
gens de cour, voulut se charger lui-même des
commencements de son éducation navale ; et, à
la suite d'une croisière aux Antilles, l'adolescent
chevalier de Chabert eut l'honneur de faire
partie des gardes-marine, en payant sa bien-ve-
nue dans ce corps des plus ou moins petits sujets privilégiés du royaume, d'un grand coup
d'épée, appliqué à l'un de ses nouveaux confrères. Ce succès, car c'en était un alors, mit pendant quelque temps l'indocile garde-marine en
faveur auprès de la bonne compagnie de Brest ;
et plusieurs commandants se disputèrent presque la gloire de posséder sous leurs ordres le

protégé de M. le comte d'Estaing, quoique le favori de l'illustre marin ne fût peut-être que le plus paresseux et le moins subordonné de tous les élèves destinés à remplacer un jour les amiraux de France. Mais, grâce à l'engouement général dont son humeur un peu querelleuse l'avait rendu l'objet, le jeune espoir de la marine française, malgré son peu d'application et de docilité, eut l'avantage de se choisir tous les bâtiments sur lesquels il pouvait lui plaire de visiter le plus agréablement possible les diverses parties du globe.

Vers l'année 1773, la frégate *la Fidèle*, armée à Brest, reçut l'ordre de se préparer à faire voile pour remplir une mission dans l'Océan pacifique. A cette époque de notre civilisation nautique, une campagne dans les mers du Sud était presque encore une nouveauté ou une singularité maritime. Le chevalier de Chabert, brûlant d'associer son nom, beaucoup plus que ses efforts peut-être, à cette intéressante expé-

dition, obtint, sans beaucoup de peine, la faveur de se faire transporter au-delà du Cap
Horn par une frégate du roi, avec son titre de
garde-du-pavillon de première classe, et les
prétentions qu'il pourrait avoir à un avancement
plus rapide encore à la fin de la campagne. L'i-
dée de voir bientôt, dans de lointains et fortunés
parages, ces belles Péruviennes dont il s'était
laissé raconter les romanesques et faciles amours,
avait surtout allumé son zèle pour le service,
au feu de son imagination de dix-huit ans; et
bien que le désir d'acquérir une utile expérience
dans la durée d'un long voyage, l'eût engagé à
solliciter un poste à bord de *la Fidèle*, on pouvait croire assez aisément que l'envie de glaner
quelques myrtes amoureux sur les traces des
premiers conquérants du Pérou, n'avait pas été
tout-à-fait étrangère à l'ardeur avec laquelle on
l'avait vu réclamer l'honneur de doubler auda-
cieusement le Cap Horn. Le chevalier était
tendre et impétueux, riche et bien fait: la bien-

veillance avec laquelle il avait été accueilli dans
le monde n'avait contribué qu'à développer encore en lui le penchant naturel qu'il avait pour
les aventures et les courses hasardeuses; et quel
est le jeune homme qui, avec le goût de toutes
les jouissances et tous les moyens de satisfaire
ses désirs, ne cherche pas à mêler à l'idée de
ses devoirs quelques-unes de ces illusions sans
lesquelles nos devoirs seraient la chose du monde
la plus pénible ou la plus impossible à supporter!

La Fidèle partit de Brest pour sa destination,
sous le commandement du marquis Des Vaux,
et avec des instructions que le dauphin lui-
même avait tracées de sa main pour la partie
hydrographique de la campagne; car il faut bien
se rappeler que ce malheureux Louis XVI, qui
devint sur le trône le plus faible et le plus timoré de tous les souverains, était un des meil-
leurs géographes de ce royaume qu'il ne sut ni
gouverner ni sauver au milieu des tourmentes
publiques.

I. 5

Le début du voyage de *la Fidèle* devait être marqué par un incident dramatique. En sortant de Brest et en vidant la dangereuse passe du Raz-de-Sein, avec une forte brise de Nord-Est, cette frégate aperçut sur les flots qu'allaient recouvrir les ombres de la nuit, une barque de pêcheurs, coulée entre deux eaux. Le désir de secourir, s'il en était temps encore, les infortunés qui pouvaient avoir été livrés aux horreurs du naufrage sur ce frêle débris, engagea le commandant Des Vaux à mettre en panne près de la barque à moitié submergée. Un canot de la frégate, dans lequel s'était bravement jeté le chevalier de Chabert, eut ordre d'aller visiter le bateau que chaque vague menaçait d'engloutir; et ce ne fut pas sans un grand danger, mais aussi sans la joie la plus vive, que le jeune garde-du-pavillon parvint à sauver et à ramener à son bord un pauvre petit enfant, le seul des malheureux pêcheurs qui eût réussi à se tenir cramponné sur la quille de l'embarcation chavirée.

Interrogé avec la bonté la plus affectueuse par le commandant de *la Fidèle,* qui venait de l'arracher si extraordinairement à la mort, le petit naufragé répondit en bas-breton, qu'il se nommait Goulven, qu'il était âgé de quatorze ans, et que parti d'Audierne le matin avec son père et quatre de ses parents, ils avaient sombré sous voiles ; questionné de nouveau sur les suites qu'avaient eues cet accident, l'enfant ajouta, en versant un torrent de larmes, qu'il avait vu son père et les autres pêcheurs disparaître tour-à-tour à côté de lui, emportés par les vagues qui l'avaient épargné seul, et comme par miracle, jusqu'à l'arrivée de la frégate.

Malgré le plaisir qu'aurait eu le commandant à remettre l'orphelin dans les bras des parents qui lui restaient encore à Audierne, il sentit qu'il ne pouvait guère retarder, pour accomplir ce devoir d'humanité, la route que la frégate avait à suivre. Il fut en conséquence décidé, entre les officiers de l'état-major, que le petit

naufragé demeurerait à bord, et qu'il deviendrait le fils adoptif du bâtiment. Mais comme le
chevalier de Chabert était en droit de reven-
diquer la plus forte part de propriété sur l'objet qu'il avait sauvé à la mer, il réclama de suite
avec une gentillesse qui devait ajouter encore
un nouveau prix à sa belle action, la tutelle de
l'enfant sauvé et le privilége de l'élever à ses
frais. Cette scène touchante, dont trois cents
marins avaient été les spectateurs, et le pont
d'une frégate le théâtre, parut être du plus heureux augure pour la campagne d'exploration de
la Fidèle.

Deux mois après sa sortie de Brest, le bâtiment relâcha à Rio, dans ce magnifique port
qui se souvient encore de Duguay-Trouin, et
que l'on continuait de nommer à cette époque
Saint-Sébastien-de-Rio-de-Janeiro. Pendant la
traversée le petit Goulven, le pupille du chevalier de Chabert, s'était attaché à son jeune tuteur
avec ce dévouement que connaissent seuls les

Bas-Bretons, naïve et excellente race d'hommes, qui ne savent qu'aimer ou haïr, mais surtout aimer. Exclusif et obstiné dans son affection, le Celte Goulven, tout en se montrant rempli de reconnaissance pour les autres personnes dont il recevait des marques de bienveillance, ne voulait reconnaître pour son maître que le protecteur dont il avait accepté le patronage; et cette disposition de caractère, quelque louable qu'elle fût, avait cependant contribué à attirer quelquefois au fils adoptif du bord, des désagréments que son mentor avait eu la hardiesse de reprocher à ses supérieurs et à son commandant lui-même. En arrivant à Rio, l'élève Chabert conçut le projet de se soustraire avec son pupille au joug d'une domination qu'il n'avait que fort impatiemment supportée pendant toute la traversée pour son protégé et pour lui. Le séjour voluptueux de la capitale du Brésil, les agaceries des discrètes beautés qui, cachées derrière leurs jalousies, laissaient tomber sur la

tête du bel officier leurs bouquets de fleurs ou
leurs bulles de cire parfumée, avaient d'ailleurs
enflammé, dès sa première excursion dans la
ville, notre noble et sensible navigateur; et,
abandonnant à ses compagnons de voyage la
gloire de la plus difficile moitié de l'expédition, il ne craignit pas de demander au commandant de la frégate son débarquement au
milieu du voyage commencé. Le commandant
refusa avec dureté. Le jeune gentilhomme,
qui ne connaissait d'obstacles à ses volontés
que quand les expédients manquaient à son imagination, prit le parti de rester à terre malgré
l'ordre de son chef, et de laisser partir *la Fidèle* sans reprendre à bord le poste qu'il avait
auparavant sollicité comme une faveur.

Une désertion pour un matelot est un grand
délit, pour un officier c'est un crime. Quelque
avantage qu'il pût tirer en pays étranger de l'é-
clat de son nom et de la noblesse de son origine, le chevalier sentit bientôt qu'il serait pru-

dent de se délivrer des importunités que pourrait lui susciter sa position insolite au Brésil, en adoptant, pour mieux assurer son incognito, une appellation roturière : il se produisit dans le cercle des premières personnes dont il rechercha la connaissance, sous le modeste nom d'Alphonse le Français, en associant ainsi le nom de son pays à celui qu'il avait trouvé convenable de se donner. Quant au petit Goulven, ce jeune Bas-Breton si simple, devenu sans trop s'en douter le complice d'un nouveau Don-Juan, il se laissa appeler *Pedro*, tout en riant beaucoup des précautions que prenait son maître pour dérober la trace de leurs pas dans une partie du monde où le pauvre enfant s'imaginait que jamais âme qui vive ne s'aviserait de venir les arracher à leur exil volontaire. La nouvelle d'un événement fatal ne tarda pas à justifier la prévoyance dont le chevalier avait fait preuve, en cherchant à faire ignorer sa présence sur une terre étrangère. Trois mois environ après avoir abandonné son bâtiment aux chances du voyage qu'il allait poursuivre sans lui, il apprit que *la Fidèle* s'était perdue avec tout son équipage sur les îles Falkland; et quelque disposé que fût déjà le jeune héritier des Chabert à oublier et peut-être même à trahir ses devoirs, il sentit assez vivement encore la faute qu'il avait commise, pour se féliciter de pouvoir, en restant inconnu, échapper à la honte de n'avoir pas partagé les dangers et le sort des braves amis dont il s'était si indignement séparé.

Pendant les premiers mois de son séjour au Brésil, l'argent dont sa famille avait eu soin de le munir avant son départ de Brest, lui servit à jeter un certain faste sur sa manière de vivre, et à donner même une apparence de noblesse à ses prodigalités. Ces sortes de femmes qui, dans toutes les colonies, asservies au despotisme hypocrite des moines de l'Europe, savent concilier à la fois les pratiques extérieures de la religion qu'elles outragent, et les habitu-

des du vice dont elles vivent; ces créatures
dangereuses qui, impuissantes à inspirer un
sentiment honnête aux jeunes gens qu'elles re-
cherchent, ne réussissent que trop souvent à
subjuguer par les sens le cœur des hommes qui
les méprisent; quelques femmes galantes, enfin,
firent presque en même temps, et sans beaucoup d'efforts, la conquête précieuse que semblait leur assurer l'inexpérience du chevalier.
L'opulence est un moyen certain d'appeler à soi
les bonnes fortunes, et je ne sais même pas
comment un homme riche et fastueux pourrait
s'y prendre pour s'éviter l'inconvénient d'en
avoir trop. Mais rarement les bonnes fortunes
ont le mérite de survivre à l'opulence qu'elles
ont enivrée d'illusions et couronnée de roses.
Tant que dura l'aisance factice et trop passagère de l'élégant Alphonse, les beautés dont il
avait cru faire le tourment et les délices furent fidèles à l'éclat qu'il répandait autour de
lui ; mais dès que l'or qui avait attiré à sa lueur

fugitive ces insectes ailés, se fut évanoui pour
toujours, il ne resta à l'imprudent désabusé
que la perspective du plus cruel abandon et du
plus sombre avenir. Les jolis hommes que la
richesse a comblés de ses dons, ont le tort de
s'imaginer que les femmes qu'ils possèdent ont
toujours cédé aux charmes de leur figure ou à
la séduction de leur amabilité. Aussi les voit-
on s'affliger beaucoup plus vivement que le
commun des amants trompés, quand un revers
de fortune vient à éloigner d'eux les conquêtes
qu'ils ne croyaient avoir faites que par l'ascendant de leur propre mérite. C'est qu'aussi chaque infidélité leur fait perdre plus qu'une illusion du cœur : elle leur arrache jusqu'à l'erreur de leur sot et enivrant amour-propre. Alphonse, ou plutôt le chevalier n'avait pas encore
aimé ; mais il s'était cru adoré de deux ou trois
belles Brésiliennes, qui n'avaient chéri en lui que
ses élégantes prodigalités, et quand les ressources qu'il avait puisées si vite dans l'or qui lui

restait se trouvèrent taries, il demeura non pas désespéré ou anéanti, mais petit, honteux et humilié.

Cependant, parmi les beautés assez variées qu'il avait cultivées avec plus ou moins de soin, durant son éphémère prospérité, une seule daigna presque le consoler des folies qu'elle lui avait fait faire, et prendre en pitié son dénuement et son inexpérience. Dona Marina était une de ces veuves dont le mari ne se trouve jamais, et qui après avoir ruiné, dans l'espace de quinze à vingt ans de coquetterie, une trentaine de cavaliers espagnols, portugais et français, s'était vouée plus particulièrement, sur le retour de ses belles années, à l'éducation des jeunes gens à la mode de Rio. Cette Laïs, si redoutable autrefois sur les champs de bataille de la galanterie, avait au moins la réputation de n'être pas impitoyable après la victoire ; c'était, en un mot, une femme de cœur qui savait relever ses morts après le combat et

les faire enterrer avec les honneurs de la guerre.
On l'avait vue même, assurait-on, employer
par humanité un jeune évêque qu'elle avait mis
à sec, à dire des messes pour le repos de l'âme
du mari dont elle prétendait être veuve, conci-
liant ainsi ce qu'elle devait à la mémoire de son
époux, avec les ménagements qu'il lui convenait
de mettre en usage pour faire accepter une
espèce de retraite de blessé au prélat dont elle
avait mangé le diocèse. La Marina, comme
toutes les jolies traîtresses arrivées à leur impo-
sante maturité, avait contracté, avec tous les
signes extérieurs qui annoncent déjà le déclin
des astres éblouissants, la manie d'avoir de l'esprit : la pauvre reine, à moitié déchue, passait
à lire des romans, écrits en trois ou quatre langues différentes, le temps qu'elle ne pouvait
plus, et pour cause, consacrer à en faire aux
dépens de ses adorateurs; et lorsque les courtisans qui lui restaient avaient la flatterie de s'é-
tonner qu'elle possédât la connaissance de tant

d'idiômes différents, elle avait à son tour la modestie d'avouer qu'elle n'avait appris toutes les langues de l'Europe qu'en traitant avec d'anciens ambassadeurs les affaires des grandes puissances, au nombre desquelles elle avait l'ingénuité de compter celle de ses charmes. Pendant un assez long séjour à Paris elle s'était trouvée mêlée d'assez près, disait-elle, aux relations étrangères du cardinal de Fleury; et, devenue Parisienne pour quelques mois, elle avait appris, non pas à parler français, mais à le causer à la manière de toutes les jolies voyageuses qui s'introduisaient alors à la cour. Telle avait été et telle était plus que jamais la Marina au moment où Alphonse avait eu le bonheur d'être admis pour quelque temps dans sa redoutable intimité.

Un jour qu'après sa déchéance, le jeune chevalier, usant du droit que lui avaient conservé des titres de faveur encore tout récents, était entré en se faisant annoncer, chez notre

Leontium cosmopolite, il trouva dona Marina occupée à feuilleter nonchalamment un livre français. Tout autre que M. Alphonse, en cette circonstance, n'eût pas manqué de pousser l'amabilité de l'impertinence jusqu'à lire le titre du volume, ou même jusqu'à s'emparer du volume lui-même. Mais en remarquant que la belle liseuse avait eu la distraction de prendre le livre à rebours, au lieu de le placer sous ses yeux dans le sens convenable, il jugea à propos, avec le tact exquis d'un homme bien élevé, de respecter l'illusion que s'était faite la séduisante Brésilienne, en croyant avoir été initiée pendant son séjour à Paris à la connaissance de notre littérature.

— Vous lisiez, madame, et je crains de vous avoir dérangée, dit Alphonse en s'approchant de l'érudite et problématique veuve.

— Oui, je parcourais, répondit négligemment la Marina, l'histoire d'un jeune gentilhomme de votre nation, qui, forcé, à ce que prétend l'auteur de ce livre, de voyager en Afrique et dans l'Inde pour vivre hors de son pays, trouva le moyen de faire une fortune considérable dans son exil.

— Diable! reprit aussitôt Alphonse, ce gentilhomme français donne-t-il dans ses mémoires le secret des moyens qu'il employa pour rétablir l'équilibre de ses affaires?

— Non, pas précisément; mais il laisse du moins deviner ce que la nécessité le conduisit à entreprendre.

— Et que fit-il, s'il vous plaît, belle dame?

— Il travailla, et mit en usage contre sa mauvaise fortune toutes les ressources qu'il put trouver dans son intelligence et son courage.

— Oui, je comprends fort bien le moyen que le gentilhomme mit en œuvre pour se tirer d'embarras; mais comment travailler à quelque chose avec toute l'intelligence possible et la meilleure volonté du monde, quand il ne se présente rien à faire?

—On cherche partout, et l'on trouve quelque part.

— Et si l'on ne trouve nulle part ce qu'on
cherche partout?

— C'est qu'alors on est maladroit, ou quelque
chose même de pis. Mais, seigneur Alphonse,
cessons de parler ainsi à demi-mot; entre
vous et moi il doit régner moins de contrainte
et plus de franchise au point où nous en
sommes arrivés tous deux. Vous avez dissipé
en quelques mois les moyens que vous aviez
de vivre convenablement ici pendant une année
ou deux. Les présents que j'ai consenti à
accepter de votre générosité , je ne les ai plus;
et malgré le ton qu'il est nécessaire que j'affiche, je ne suis guère plus avancée que vous-
même dans les voies qui nous font retrouver
quelquefois la fortune que nous avons perdue. Mais vous, vous êtes jeune, instruit,
courageux; vous avez été quelque temps marin.

— Et qui donc, madame, vous a si bien
instruite?

—Personne, mais je n'ai eu qu'à consulter
l'expérience que j'ai acquise, pour deviner de
suite ce que vous avez dû faire avant de venir
au Brésil. Il vous suffira de savoir que j'ai tellement bien étudié les gens au milieu desquels
j'ai quelque temps vécu, que je n'ai besoin que
de voir deux ou trois fois les personnes qu'on
me présente, pour deviner ce qu'elles sont ou
ce qu'elles ont été... Vous avez donc été marin, officier peut-être?

— C'est vrai.

—Eh bien, sachez que parmi les gros sou-
pirants qui viennent me fatiguer le plus assi-
duement de leurs hommages, sans me faire
agréer l'offre de leur cœur, il est un riche armateur portugais, le seigneur José da Roca
Bento, auquel je n'aurai qu'à dire deux mots
en votre faveur pour qu'il se fasse un plaisir

de vous procurer de l'emploi sur l'un de ses
nombreux bâtiments.

— Vous croyez?

— J'en suis sûre. Mais je dois vous prévenir,
avant toutes choses, que don José da Roca est
un de ces énormes parvenus du commerce, qu'il
ne faut aborder qu'avec les marques de la plus
grande admiration pour ses éminentes qualités,
et toujours avec les semblans de la plus entière
soumission à ses volontés. Moyennant ce doublé
tribut payé à sa ridicule vanité, rien ne devient
plus facile que d'en faire ce qu'on veut, une
fois qu'on a réussi à prendre sur lui l'empire
que les gens d'esprit doivent toujours exercer
sur les gens médiocres que la fortune a déme-
surément engraissés. Ce soir même, da Roca
doit venir prendre le chocolat chez moi...
Trouvez-vous y : il sera prévenu de votre visite, et j'aurai soin de le préparer à vous
recevoir favorablement. C'est, il faut que vous
le sachiez pour ne pas être intimidé en sa pré-

sence, un pauvre nigaud de millionnaire qui
n'a d'intelligence que pour le trafic, et qui,
tout en exhalant un superbe mépris pour les
superstitions du vulgaire, a la petitesse de
croire aux horoscopes et à la bonne aventure;
et c'est moi, quand il est tourmenté par un
songe saugrenu ou un sombre pressentiment, qui
ai le talent et la charge de lui faire les cartes.
Adieu, seigneur, portez-vous bien, et n'ou-
bliez pas de vous trouver au rendez-vous que je
viens de vous assigner.»

Le soir, et à l'heure convenue entre lui et sa
protectrice, Alphonse se présenta chez la Marina comme un jeune ami de la maison, mais
comme un de ces petits amis ruinés sans conséquence, qu'ont toutes les femmes galantes un
peu répandues dans le monde des riches voluptueux. Alphonse se montra, dans cette première
entrevue avec l'opulent parvenu, sous les dehors les plus modestes et les plus humbles qu'il
lui fut possible d'affecter. Le seigneur da Roca,

entassé dans un large fauteuil, qu'il remplissait
de toute l'ampleur de son insolent embonpoint,
interrogea avec supériorité le jeune marin, qui
répondit avec convenance et finesse à toutes
les questions qui lui furent adressées... L'armateur se trouva satisfait de l'à-propos et de
l'air de soumission du postulant. La Marina
était enchantée, ravie de la condescendance
hypocrite que son recommandé avait fait paraître pour toutes les lourdes fatuités dont il
avait plu au Crésus maritime de le supplicier
ou de l'étourdir... Il ne restait plus, pour remporter le triomphe complet de la soirée, qu'à
conduire le vieil armateur à conclure quelque
chose de positif entre lui et le solliciteur. On
parla du négoce considérable que les colonies
espagnoles et portugaises entretenaient sur la
côte d'Afrique occidentale, pour la traite des
esclaves; et, comme tous les gros entasseurs
d'illicites profits, da Roca s'étendit avec complaisance sur la branche de commerce de

laquelle il avait, en la pressurant jusqu'à l'é-
corce, réussi à tirer les énormes bénéfices dont
il se montrait si heureux et si fier..... « Une
seule chose cependant, s'avisa-t-il de dire, a
toujours manqué, malgré la prospérité de mes
affaires, à la parfaite réalisation de mes plans
et de mes combinaisons les plus ingénieuses.

— Et quelle chose si importante a donc fait
défaut à l'exécution de vos entreprises, toujours
si savamment conçues? demanda gracieuse-
ment la Marina, qui connaissait l'éternel refrain
de toutes les conversations de l'épais capitaliste.

— Des capitaines plus intelligents que ceux
qui m'ont servi jusqu'à présent, répondit en
se rengorgeant le lourdaud, qui venait de donner dans le piége de la cajolerie.

— Eh bien, reprit la Marina, le hasard s'est
chargé de réparer aujourd'hui envers vous le
tort que vous a fait la trop grande confiance
que vous avez placée dans des hommes inha-

biles. Voilà un des capitaines qu'il vous faut, le seigneur Alphonse le Français.

— Oui, sans doute, répliqua da Roca en retroussant sa lèvre supérieure jusqu'à la hauteur de son gros nez barbouillé de tabac à la reine. Mais il est bien jeune, le seigneur capitaine que vous me présentez là !

— Vous lui donnerez un petit bâtiment d'abord, en attendant qu'il se guérisse de trois ou quatre ans de l'infirmité si peu incurable, hélas, que vous lui reprochez !

— Mais saura-t-il bien acheter à la côte les cargaisons que je ne mets en vente que lorsqu'elles sont de première qualité ?

— Et pourquoi voulez-vous qu'il ne sache pas acheter convenablement pour la première fois, une marchandise que vous n'avez jamais si bien vendu que lorsque vous en étiez encore à votre coup d'essai? Ne vous ai-je pas cent fois entendu dire, avec ravissement, que votre première vente au bazar a été la meilleure que vous ayez faite de toute votre glorieuse vie?

— C'est vrai, rien n'est plus vrai; mais c'est qu'aussi j'avais tellement déjà l'esprit à la chose !

— Eh bien, il aura, lui, de son côté et pour son début, toute la chose dans l'esprit! D'ailleurs, ne serez-vous pas là pour lui dicter ses devoirs, lui donner vos conseils; et pensez-vous que vos instructions ne lui suffiront pas pour lui apprendre à remplir admirablement vos ordres, d'ordinaire si nets, si sensés et si précis?

— Allons, puisque vous avez une si haute opinion du seigneur Alphonse, nous verrons, à votre recommandation et sous votre responsabilité personnelle, à lui trouver parmi nos petits navires de côte un sabot de joli bois à son pied : mais entendez-vous bien, dona Marina, sous votre responsabilité personnelle, c'est-à-dire que vous me répondrez.....

— Corps pour corps de lui et de sa gestion,

n'est-ce pas, seigneur José !... Oh, je sais bien
ce que vous voulez dire ; et sans comprendre
vos hautes spéculations de commerce aussi
merveilleusement que vous les concevez, nous
avons aussi notre manière d'arranger et de régler les affaires qui nous concernent, nous et
nos amis. »

IV.

Plus fidèle à ses galantes promesses que ne le sont généralement les amants spéculateurs, l'opulent da Roca accorda au marin Alphonse le commandement d'un bâtiment léger, sur lequel le nouveau capitaine devait aller faire la traite en Afrique pour le compte de l'armateur qui avait bien voulu l'employer à la recommandation de dona Marina. « Votre navire est

petit et déjà ancien, avait dit le généreux négociant à l'aventurier français ; mais il existe chez
toutes les nations du monde un proverbe qui
dit : A vieux bâtiment jeune capitaine » , pour
indiquer sans doute que, s'il est encore possible de tirer bon parti d'un bâtiment qui a fini
son temps, il n'y a guère qu'un jeune et ardent
officier qui puisse parvenir à obtenir un tel résultat. Le rusé faiseur d'affaires n'ajoutait pas
qu'avant de confier la conduite de son navire à
moitié délabré à l'heureux favori de sa Laïs, il
avait eu la précaution de faire assurer à un prix
très-élevé le mauvais petit brick, afin que, si le
bâtiment venait à se perdre, il n'eût pas trop à
se repentir d'avoir donné au favori de la beauté
qu'il courtisait une preuve onéreuse d'intérêt
et de confiance. Les sacrifices en apparence les
plus nobles de tous les vrais spéculateurs ne vont
guère au-delà de ces limites tracées par la prudence mathématique et la générosité commer-
ciale.

Il y a dans la vie de tous les hommes mille circonstances où la nécessité et l'amour-propre ne leur permettent ni de calculer les dangers qu'ils vont affronter pour un avantage incertain, ni les conditions auxquelles on veut acheter leur dévouement et le droit de compter sur leur courage. Le capitaine Alphonse ne vit et ne voulut voir dans la nouvelle carrière qui lui était ouverte, que le moyen le plus court d'échapper à la misère qui menaçait déjà son existence oisive et précaire. Il n'hésita donc pas un seul instant à accepter l'offre qui lui était faite; mais, avant d'entreprendre un voyage d'où il était possible qu'il ne revînt jamais, le capitaine négrier se présenta chez dona Marina pour la remercier de l'appui qu'elle lui avait prêté, et de l'illustre protection que sa bienveillance lui avait assurée.

« Je vais commencer bientôt, lui dit-il, un assez vilain métier, grâce à la bonté que vous avez eue de me recommander au seigneur da Roca; mais, si le sort permet que vous me revoyiez à mon retour de la Guinée, croyez bien que vous aurez à mon bord les deux plus jolis petits nègres qu'aura jamais produits la côte d'Afrique.

— Comment, un vilain métier! s'écria la Marina. Vous ne savez donc pas que, pendant mon voyage en France, les seuls capitaines marchands que j'ai vus paraître à la cour avec le droit de porter l'épée de peau de chagrin à la ceinture étaient les capitaines de la côte!

— Un galant homme ne s'avilit donc pas en faisant la traite et en devenant marchand d'esclaves?

— Non-seulement il ne s'avilit pas, mais il s'anoblit, au contraire, seigneur Alphonse! Il n'y a que les gentilshommes que l'on voit s'abaisser jusqu'à vendre du poivre ou du café, qui renoncent, par le fait, à leurs titres, pour ne devenir que des épiciers ou des droguistes. Mais vous parlez avec une sorte de dédain de

la profession de ceux qui font le trafic des esclaves, et, selon moi, vous avez tort ; car enfin,
tout bien calculé, mieux vaut encore vendre de
pauvres nègres au marché que de s'exposer à se
laisser vendre soi-même à l'encan pour le
compte de ses créanciers.

— Vos réflexions sont trop sensées, et ma position était trop déplorable, pour que je trouve
à répondre un mot à tout cela... Je vais partir,
et je m'employerai de mon mieux à faire quelque chose de bien pour mon coup d'essai...
Mais, si jamais on venait à apprendre en France
que j'existe encore, et que je suis devenu bro-
canteur de chair humaine...

— Allons, ne voilà-t-il pas, à présent, que
vous allez vous mêler d'avoir des scrupules hors
de raison et de saison, quand le chemin s'ouvre
devant vous pour vous conduire à la fortune !
Il ne manquerait plus maintenant que de me
déclarer que vous êtes gentilhomme, et que la
crainte de désespérer votre illustre famille

vous engage à préférer une indigence humi-
liante à une profession lucrative.

— Et voilà justement ce que je voulais vous
apprendre; et c'est qu'en effet je suis noble, et
pour mon malheur, peut-être, on ne peut pas
plus noble.

— Et pourquoi ne l'avoir pas avoué plus tôt?
Sachez bien, malheureux que vous êtes, que,
si, avant de s'intéresser à vous, don Ponté da
Roca avait appris qu'il avait affaire au descendant d'une antique famille, il vous aurait donné
le plus gros de ses bâtiments au lieu du plus
petit. Vous ne vous êtes donc pas douté du plaisir
que vous lui eussiez fait en lui proposant, pour
commander un de ses négriers, un capitaine de
haute lignée?

— Pas le moins du monde, je vous jure.

— Mais, Dieu merci, il est encore temps de
réparer le tort que vous a déjà causé votre modestie ou votre fierté mal placée; et, sans plus
tarder, je cours, de ce pas.....

— Gardez-vous en bien ! Apprenez qu'il importe à ma famille et à mon repos que je taise
pour long-temps encore le nom que j'ai reçu de
mes aïeux.

— Avoir des aïeux et ne pas dire à tout l'u-
nivers qu'on en a ! A quoi donc serviraient les
ancêtres? Oh ! si seulement j'avais eu le simple
bonheur d'avoir un grand-père de quelque valeur !... Mais il faut, alors, que vous ayez commis, monsieur, quelque faute énorme, impardonnable, pour ne pas oser vous faire connaître
ici sous votre nom véritable?

— Hélas, non; une simple folie de jeunesse,
à laquelle, peut-être, j'ai attaché plus d'importance qu'elle n'en mérite, et que mes parents
même seraient vraisemblablement les premiers
à me pardonner...

— En ce cas, avouez-moi vite qui vous êtes,
pour que j'aille le dire en confidence à toute la
ville de Rio...

— Non, pas pour le moment, je vous en sup-

plie;... mais je vous promets que, si, au retour
de mon voyage, vous me revoyez plus satisfait
de mon sort que je n'ai lieu de l'être en partant,
je vous ferai connaître l'origine et la qualité du
personnage que vous avez si noblement obligé,
et qui vous a déjà voué, pour prix de votre
bienveillance, une reconnaissance éternelle. »

Le capitaine Alphonse se sépara, à ces mots,
de la Marina, presque toute bouleversée de
sensibilité. « Bien rarement, disait-elle, elle s'é-
tait surprise aussi émue, aussi attendrie, en
voyant ses amants ruinés l'abandonner pour
aller chercher à refaire leur fortune. » Le bâtiment négrier monté par le jeune et mystérieux
capitaine s'éloigna des côtes du Brésil, emportant avec lui le secret de celui qui le comman-
dait et les espérances assez bornées que son
avide armateur avait placées dans la réussite
de ce voyage à la côte de Guinée.

Il n'est guère nécessaire, ce nous semble, de
rappeler, pour l'intelligence des faits les plus

notables que nous ayons à consigner dans cette
narration, que le jeune Goulven s'était empressé
de s'inscrire au premier rang parmi les matelots qui avaient brigué l'honneur d'accompa-
gner Alphonse dans sa périlleuse entreprise.
Fort dégoûté, au reste, du monotone séjour de
la terre dans un pays étranger dont il ignorait
complétement la langue et les usages, malgré le
pseudonyme portugais qu'il avait consenti à accepter, l'adolescent Pédro n'avait pu voir sans
la plus vive satisfaction s'approcher le moment
où, libre de toute contrainte et de toute préoccupation fâcheuse pour son avenir et celui de
son maître, il voguerait de nouveau sur cet
Océan qui, sur le point de l'ensevelir cent fois
dans ses abîmes, l'avait si miraculeusement
rendu à la vie. Au nombre des superstitions que
l'esprit des marins bas-bretons conserve le plus
religieusement, il en est une qui leur fait croire
que, lorsqu'ils ont eu le bonheur d'échapper à
un grand péril, ils sont devenus invulnérables.

7

C'est le sort, disent-ils, qui, en voulant les éprouver, a perdu sur eux le pouvoir et la possibilité de les atteindre. Cette sorte de fatalisme, qui tend à faire des fanatiques héros, de tous ceux que les naufrages et les combats ont épargnés, avait persuadé au crédule Goulven que l'élément sur lequel la Providence n'avait pas permis qu'il pérît serait toujours pour lui le refuge le plus sûr et l'asile le plus inviolable. Aussi, avec quels transports de piété filiale salua-t-il, une fois délivré de la vue importune de la terre, cette vaste mer, qu'il revoyait après avoir long-temps désespéré de la revoir encore! Le poisson que le pêcheur rend aux flots, hors desquels il exhalerait bientôt son dernier souffle, ne plonge pas avec plus de délice sous les ondes, qu'il retrouve avec la vie, que Goulven nageant au milieu de l'air qui lui apportait les suaves émanations des lames du large.

C'était son pays, avec toutes les émotions de son enfance; c'étaient les joies de la famille, avec tous les souvenirs de la Bretagne, que la mer venait de rendre à son cœur, à ses sens et à son imagination. Car, si, pour les aiglons marins éclos sur les rochers de l'Armorique au souffle des tempêtes, il est une patrie plus chère encore que celle qui leur a donné le jour, cette patrie, c'est la mer avec tous ses orages, c'est l'Océan avec toutes ses fureurs ; et tandis que, sur la sauvage immensité des eaux, les autres hommes n'éprouvent que la plus désespérante solitude ou le plus affreux saisissement, les Bas-Bretons ne jouissent jamais de plus d'indépendance et de sécurité que lorsqu'ils s'abandonnent sur l'élément que, dès leur enfance, ils ont appris à caresser et à dompter.

Mais, en retrouvant à bord de son navire les habitudes qui devaient être celles de toute son existence, le naufragé d'Audierne se crut tellement fort dans la position où il se sentait redevenu si heureux, qu'il commença bientôt à ne supporter qu'avec impatience l'autorité que

jusquelà avait exercée sur lui son bienfaiteur et
son chef. Les caractères farouches et opiniâtres
peuvent quelquefois accepter le joug qu'ils se
sont fait un devoir de respecter; mais, c'est bien
rarement sans secouer le frein qui les irrite,
qu'ils subissent la loi à laquelle ils se sont eux-
mêmes soumis. Attaché par instinct, par penchant, beaucoup plus que par reconnaissance
à son jeune maître, Goulven aurait bravé mille
fois la mort pour sauver les jours de Chabert;
mais le seul sacrifice qu'il ne put pas faire à
l'homme pour lequel il aurait volontiers donné
sa vie, c'était celui de l'obstination fantasque
de son humeur ou de ses caprices; et, chose
bizarre, jamais Goulven ne se trouvait plus malheureux de son incorrigible entêtement que
toutes les fois qu'il se montrait le plus mal à
propos entêté, expiant ainsi, par la douleur
même que lui causaient ses fautes, le défaut
d'être né avec la tête la plus dure et le meilleur cœur qui fût au monde.

Le premier acte d'indépendance qu'osa se
permettre notre jeune matelot, une fois qu'il se
crut devenu assez utile à son chef pour pouvoir s'exposer à lasser impunément sa patience,
fut inspiré au petit Bas-Breton par le scrupule
le plus étrange. Fatigué d'avoir quelque temps
porté au Brésil un nom qui n'était pas le sien,
il signifia à son capitaine qu'il ne voulait plus
désormais s'appeler Pédro, alléguant, pour
motiver sa répugnance, qu'un sobriquet portugais ne pouvait que déshonorer un marin
français. En vain Chabert employa-t-il toute
sa rhétorique pour faire comprendre à l'intelligence rebelle de son compagnon la raison
qui, par prudence, l'avait engagé à se cacher
lui-même sous le nom d'Alphonse, et à lui
donner en même temps celui de Pédro : toujours l'obstiné Goulven persista à soutenir
qu'un honnête homme ne devait avoir qu'un
nom et qu'une parole ; et, pour mettre en cette
circonstance sa conduite d'accord avec sa

maxime, l'insensé ne craignit pas, malgré la
défense sévère de son capitaine, d'aller déclarer à tout l'équipage qu'il ne s'était jamais
appelé que Pierre Goulven, natif d'Audierne.

Cette folle incartade ne produisit que trop
tôt l'effet qu'elle devait avoir. Le capitaine,
fort de l'autorité que son subordonné ne craignait pas de braver si ouvertement, n'hésita
pas à avoir recours à la violence contre l'indiscipline : il châtia sans pitié le mutin qui l'avait
irrité avec tant d'audace, et ce fut dans ce moment d'exaspération seulement que Goulven,
rappelé au sentiment de sa faute par l'excès
même de l'humiliation qu'il venait de subir,
se prit à pleurer de désespoir en pensant qu'il
ne trouverait jamais dans son cœur la force de
se venger de son bienfaiteur.

« Vois donc, malheureux, lui dit en cet
instant le capitaine, vois toi-même à quels dangers nous expose ton sot égarement ! Seuls
tous deux au milieu de ces matelots étrangers,

auxquels mon âge me donne à peine le droit de commander, tu viens, toi sur qui je devais compter comme sur moi-même, tu viens montrer à tout l'équipage l'exemple de la révolte! C'est donc mon autorité que tu veux leur apprendre à fouler aux pieds! C'est donc mon sang que tu veux les engager à répandre!.....

— Non, non, capitaine, s'écria Goulven en sanglotant sous le poids accablant de ces reproches et de son propre repentir : tuez-moi tout de suite, je vous en prie, ce sera plutôt fini, ou pardonnez-moi comme vous le feriez pour votre frère!... Je suis un scélérat qui ne mérite pas votre pitié; mais soyez encore pour moi le plus généreux des hommes! »

Le capitaine pardonna sans peine au coupable qui s'accusait avec tant de sincérité. Mais de ce choc violent de deux caractères aussi opposés que celui de Chabert et de Goulven, résulta bientôt une sorte de lutte permanente entre la volonté de l'un et la résistance de l'au-

tre. Rarement plusieurs jours s'écoulaient sans
que quelque nouvel accès de mauvaise humeur
ne vînt troubler l'accord que le jeune capitaine
avait déjà été réduit à rétablir, en faisant usage
des moyens de répression les plus énergiques,
car ce n'était presque jamais, il faut l'avouer
à la honte des deux amis, sans que le chef eût
fait sentir à son indomptable inférieur tout l'ascendant matériel de sa supériorité et de sa
force, que celui-ci pouvait consentir à rentrer
dans les bornes d'une discipline dont il était
si souvent disposé à oublier les règles et la nécessité. Mais, loin que ces lueurs de mésintelligence n'altérassent en rien le sincère attachement qu'avaient l'un pour l'autre, au fond
du cœur, ces deux jeunes hommes, si peu faits
en apparence pour vivre ensemble, c'était toujours au contraire, à la suite de leurs plus vives
querelles qu'ils semblaient s'aimer le mieux ou
se rapprocher avec le plus de satisfaction; et
si, dans les moments mêmes où Goulven éprou-

vait le plus durement les effets d'une colère
qu'il était habitué à braver trop souvent, quelqu'un à bord se fût avisé de blâmer tout haut
les emportements du capitaine, rien au monde
n'aurait pu l'empêcher de punir dans un autre l'indiscipline qu'il s'imaginait avoir seul le
privilége d'afficher, en raison du droit que devait, disait-il, lui donner l'amitié qu'il avait
pour son protecteur. Etrange aberration morale, qui ne pouvait se rencontrer que dans un
homme aussi volontairement esclave par le
cœur qu'indépendant par l'impétuosité du caractère !

Nous ne suivrons pas les deux aventuriers
dans leur excursion périlleuse sur la côte de
Guinée. Après avoir retracé les principaux in-
cidents de leur séjour à Rio, il nous suffira de
dire, en nous bornant à tenir compte des faits
les plus remarquables de leur histoire, qu'au
bout de quatre ou cinq mois d'absence, on vit
revenir au Brésil le navire qui les portait, au

moment même où l'avare Ponté da Roca commençait à espérer de ne les revoir jamais.

Cette réapparition, presque merveilleuse ,
d'un mauvais bâtiment, qui, au lieu d'avoir
coulé en mer, rentrait au port richement chargé de nègres, jeta comme un rayon de gloire
sur l'orageuse expédition du capitaine Alphonse. « Combien de noirs nous ramenez-vous?
demanda l'armateur ravi, à son protégé, du
plus loin qu'il l'aperçut.

— Deux cent vingt, répondit avec un légitime orgueil le capitaine, en arrêtant fixement
ses regards sur les traits épanouis du négociant.

— Deux cent vingt ! s'écria da Roca , et
comment donc avez-vous fait pour loger autant
de marchandise dans une barque où l'on n'a-
vait encore réussi qu'à fourrer cent-cinquante
négrillons?

— J'ai fait du nouveau, reprit Alphonse.
Au lieu de ramener mes passagers commodément assis, je les ai fait tenir debout pendant ma

traversée de quinze jours. Aussi voyez maintenant comme ils s'étendent avec délices sur
l'herbe de ces savanes ! Trois cents sardines
pressées auraient à peine tenu dans l'espace
qu'ils occupaient à bord.

— Quel trait de génie ! hurla da Roca, tout
transporté ; capitaine, permettez-moi de vous
embrasser..... Il est impossible de faire plus
consciencieusement une plus courte et plus
heureuse campagne.

— Et un plus sale métier, n'est-ce pas ?

— Que dites-vous là, jeune étourdi. Sachez
donc bien que la mission que vous venez de
remplir est sainte ; puisque tous les nègres que
vous avez eu le bonheur d'enlever à la côte
d Afrique, sont autant de malheureux que
vous aurez arrachés à l'idolâtrie pour en faire
des chrétiens sur notre terre de rédemption.
Un de mes premiers soins, en recevant chacune
de mes cargaisons, n'est-il pas de faire bapti-
ser tous les esclaves qui deviennent ma pro-

priété, et auxquels je m'honore de servir de parrain général? N'est-ce pas moi qui d'abord ai eu l'idée de proposer une loi qui obligerait tous les armateurs à placer un aumônier à bord des grands bâtiments de traite, pour initier, avant leur débarquement à terre, les pauvres nègres aux mystères de notre sainte religion?

—Mais il me semble, seigneur da Roca, que vous eussiez tout aussi bien fait de proposer qu'on mît un bon cuisinier à bord de chaque bâtiment; car je vous avoue que pendant toute notre campagne nous avons fait une chère pitoyable à bord de votre navire, nous autres que les salutaires eaux du baptême ont depuis si long-temps lavés du péché originel, et qui avions un peu le droit de compter sur la charité d'un aussi bon chrétien que vous.

— C'est qu'aussi votre navire était si petit, votre équipage si peu nombreux...

— Et qu'un cuisinier coûte si cher!

— Oui, en effet, plus cher qu'un aumônier, et

c'est là un déplorable scandale que je ne voulais pas favoriser; mais, patience, capitaine, comme mon intention est de vous donner à conduire pour la prochaine campagne le plus grand de mes négriers, j'espère bien vous dédommager avant peu des privations que vous avez éprouvées à mon service. Tenez, je suis bien sûr que vous ne vous doutez pas de tout l'intérêt que je vous porte?

— Oh, mon Dieu! vous devez me porter, je suppose, un intérêt proportionné à celui que je vous fais retirer de votre argent.

— Ma foi, puisque vous savez si bien réduire déjà toutes les choses de ce monde à leur juste valeur numérique, je ne vous contredirai pas : je conviendrai même avec vous que vous êtes dans la bonne voie, malgré l'inexpérience ordinaire à votre âge ; car, voyez-vous, mon ami, entre nous autres négociants endurcis, c'est toujours à l'argent qu'il faut en revenir ; et dans un état où le métal est tout, il faut bien, quoi qu'on

dise, que le plaisir d'en gagner soit un sentiment légitime tout comme un autre. »

A la suite de ce petit cours de moralité, le
capitaine demanda à son armateur des nouvelles de la belle Marina, à laquelle il avait
promis deux petits nègres qu'il avait eu soin de
ramener avec lui.

— La Marina! s'écria l'armateur en entendant le capitaine lui rappeler ce doux nom : ne
m'en parlez plus, je vous prie, l'infidèle nous a
quittés depuis un mois pour reprendre son vol
vers la France.

— Et qu'est-elle allée faire en France? demanda Alphonse avec étonnement.

— Faire de la politique en gros et en détail,
avec le sénateur dom Inigo Espeletta do Cam-
po, qui, nommé ici ambassadeur de Lisbonne à
Versailles, est parti pour son poste en emportant, par distraction peut-être, dans son bagage,
la segnora Marina et deux petits noirs qu'elle
a pris par avance sur mon habitation, pour lui

tenir lieu du présent que vous lui destiniez à votre retour, quelque incertaine que fût encore votre bonne arrivée au port.

— Comment, elle est devenue en mon absence partie intégrante d'un ministre plénipotentiaire ! reprit Alphonse, à moitié consterné de ce rapide et éblouissant changement de fortune.

— Et Jésus Maria, oui, répliqua le négociant, en soupirant d'un air de regret. C'est une femme si séduisante encore dans sa maturité et si heureusement née pour les affaires de cabinet les plus compliquées ! Croiriez-vous bien que le plaisir de cultiver d'assez loin sa connaissance intime m'a coûté, d'après ma balance réglée avec elle, plus de vingt contos de reis, sans compter les intérêts de mon argent et les deux gentils petits nègres que je vous prierai de vouloir bien me remplacer par ceux que vous avez rapportés à son intention. Oh ! les femmes aimables sont cent fois plus ruineuses pour les

gens aisés et généreux, que les jeunes filles qui
ne sont que belles et qui ne parlent au cœur
que la langue qu'elles ont apprise en naissant.
La Marina en parlait trois, et c'est là ce qui
a fait d'elle un des plus remarquables cotillons
diplomatiques de notre époque.

V.

Le capitaine Alphonse, que l'heureuse imprudence d'un voyage d'essai venait de mettre
en réputation dans le pays, ne tarda pas à être
pourvu du plus beau commandement que l'ava-
rice de son armateur pût lui confier. Mais le
segnor Ponté da Roca, en faisant valoir aux
yeux du hardi marin les bontés que son avidité
mercantile l'engageait à avoir pour lui, eut la

précaution d'entrer avec son obligé dans tous les détails qu'il jugeait convenable de lui donner pour mieux pénétrer son esprit des devoirs et des espérances attachées à sa mission... «Vous aurez à vous rendre d'abord à Madagascar, dit le vieux Portugais à l'exécuteur intelligent de ses desseins. Madagascar, comme vous le savez, est, ajouta-t-il, une île où l'on peut se procurer à bon marché des nègres de médiocre qualité, mais que l'on commence à rechercher sur notre place. Toutefois, les Anglais, comme vous devez déjà en être informé, ont la tyrannique prétention de repousser nos navires de ces lieux de production, sur lesquels ils n'ont pas plus de droits que nous. Ce qu'il vous importe de faire par conséquent, pour mener à bonne fin notre entreprise, c'est d'éviter les Anglais si vous le pouvez, ou de repousser leurs attaques si vous êtes forcé de vous rencontrer avec eux. Pour vous donner au surplus les moyens de vous tirer convenablement d'un mauvais pas, j'ai eu la prévoyance de doubler l'équipage, et de renforcer un peu l'artillerie de votre bâtiment. Ce jeune matelot, avec lequel vous vous querelez souvent, et dont vous ne pouvez vous passer, m'a trouvé les plus mauvais bandits du pays pour vous composer un personnel sortable; j'ai pensé qu'il serait facile d'en faire d'excellents vauriens. Chargé, armé, monté et équipé comme vous allez l'être dans peu, rien ne pourra vous empêcher d'arriver soit à Bombetoc, Foul-Pointe, Tamatave ou Tintinge, et une fois mouillé dans un de ces ports, votre sagacité fera le reste, avec l'aide du ciel, qui ne vous manquera pas plus que les vœux que je lui adresserai pour la plus grande réussite de votre expédition.»

Ayant ainsi reçu ses instructions de la bouche éloquente de son armateur, le capitaine Alphonse se disposait à aller mettre en œuvre, en appareillant le plus tôt possible, la première partie de ce plan de campagne, lorsque le vieux spéculateur, se ravisant, le rappela à lui pour lui dire avec un malin sourire sur le bout des lèvres :

« A propos, mon cher monsieur, avant que vous ne nous quittiez, faites-moi, s'il vous plaît, la faveur de me tirer d'un doute : la *plénipotentiaire* Marina, la veille de son départ pour la France, m'a assuré que vous apparteniez à une famille riche et titrée, et que le nom que vous portez cachait un nom des plus illustres. Que faut-il, dites-moi, que je pense de cette confidence de la Marina?

— Ma foi, il faut que vous en pensiez tout ce que vous voudrez! répondit avec brusquerie le capitaine. Ne vous suffit-il pas que je fasse votre affaire, sans que j'aie besoin de me faire connaître à vous de la tête aux pieds, et du cœur à la tête ?

— Sans doute, sans doute, grommela le curieux. Mais j'aurais beaucoup aimé, je ne vous le cache pas, à savoir mes affaires conduites

par un gentilhomme français. Le commerce
de la traite commence à être si cruellement
calomnié en Europe, que j'eusse été ravi pour
ma part de pouvoir affirmer qu'un jeune homme
de naissance n'avait pas dédaigné de monter
en personne un de mes négriers. Mais voyons,
là, confiez-moi, ne fût-ce que pour me donner un instant de joie, votre noble et véritable
nom ?

— C'est donc là ce que vous tenez à savoir
pour obtenir une garantie de plus de ma fidélité ?

— Pas autre chose pour le moment.

— Eh bien, ce secret qui aiguillonne si vivement votre indiscrète curiosité, je vous le
dirai à l'oreille à mon retour, mon cher armateur, pour peu que vous m'ayez fait faire dans
le voyage une fortune digne d'un personnage
tel que moi. »

Le capitaine partit pour Madagascar, avec
la confiance que donne un premier succès et le

désir ardent d'acquérir une gloire nouvelle. En arrivant sur la côte de l'île qui devait lui offrir un mouillage tranquille, et en pénétrant vers Tamatave, dans le fond d'une baie où il jugea qu'il pourrait établir des relations assez promptes avec les naturels du pays, il rencontra à l'ancre deux capitaines de l'Ile-de-France, qui lui firent part de l'inquiétude que depuis quelque temps leur inspiraient trois ou quatre grands navires anglais, dont l'unique soin avait été jusque là de croiser obstinément au large. Les deux négriers français avaient déjà réussi à faire leur traite et à se bourrer d'esclaves depuis la carlingue jusqu'aux écoutilles. Mais, la crainte d'exposer leur riche cargaison à être pillée par les sinistres surveillants dont ils croyaient n'avoir que trop deviné les intentions, les avait retenus au gîte bien au-delà du temps où ils auraient voulu faire voile. Le capitaine Alphonse, tout en approuvant la prudence de ses confrères, songea à mettre à pro-

fit pour lui les premiers instants de sa relâche;
et en quelques semaines il parvint à se composer un fond de chargement des plus habilement
choisis. Le moment de vider les lieux étant arrivé pour lui, comme il était déjà venu depuis
long-temps pour ses collègues, il proposa à
ceux-ci de sortir à leur tête, en bravant le premier, s'il était nécessaire, les croiseurs importuns dont l'audace ne résisterait probablement
pas à la présence de trois navires décidés à
combattre ensemble jusqu'à la dernière extrémité. Cette offre chevaleresque est accueillie
avec transport et surtout avec reconnaissance,
car le bâtiment que montait Alphonse était à
lui seul mieux armé et plus fort que les deux
compagnons de fortune qu'il venait de se donner. On quitte le mouillage avec les premières
ombres du soir, et en se tenant côte à côte au
sortir de la petite baie : on navigue d'abord
en silence la mèche allumée à la main et l'œil
ouvert au bossoir : quelques heures s'écoulent

sans que l'on aperçoive sur la route, que l'on
suit avec mystère, les croiseurs que l'on s'attendait à trouver barbe à barbe en gagnant peu
à peu le large. Mais à la clarté naissante du
matin, et alors que toutes les craintes s'éva-
nouissaient avec les dernières vapeurs de cette
nuit d'émotion, on découvre tout près de la
petite flotte réunie comme un troupeau, quatre
gros trois-mâts qui s'avancent à une portée de
fusil en formant entre eux un arc de cercle
qu'ils resserrent petit à petit à mesure qu'ils
approchent pour envelopper, comme dans un
réseau fatal, les trois fuyards auxquels la retraite
est devenue impossible. Un engagement est
inévitable : les quatre trois-mâts anglais com-
mencent l'attaque : les négriers ripostent de
leur mieux à cette formidable agression; on
combat une demi-heure à peu près, à courte
distance. Mais le négrier d'Alphonse est bientôt le seul qui puisse résister à la supériorité
du feu des ennemis; car déjà les deux capitaines

de l'Ile-de-France, éreintés par la canonnade
qu'ils ont voulu soutenir, ont été réduits à amener pavillon. C'est alors que les croiseurs,
maîtres de concentrer leurs efforts sur l'unique
bâtiment qu'il leur reste à soumettre, entourent le négrier de Rio, et finissent par l'enlever
à l'abordage, malgré la bravoure qu'ils ont
rencontrée dans le capitaine qui le commande
et l'équipage qui le défend.

A la suite de leur triple capture, les quatre
bâtiments victorieux, qui, pendant l'action,
n'avaient pas même daigné faire connaître le
pavillon de leur nation, ne cachèrent plus à
leurs prisonniers qu'ils appartenaient au commerce anglais, et qu'ils n'avaient été expédiés
de Liverpool et de Bristol que pour s'emparer
pour le compte de leurs armateurs de tous les
négriers chargés qui tenteraient de faire la traite
sur les côtes de Madagascar.

« Mais de quel droit, demanda Alphonse, indi-
gné, au commandant des quatre trois-mats pi-

rates, oseriez-vous nous dépouiller ainsi en pleine paix et après avoir massacré une partie de nos équipages?

— Du droit que quatre grands navires bien armés ont toujours sur trois bâtiments plus faibles qu'eux.

— C'est donc de la piraterie que vous faites, s'écrièrent les trois capitaines français en s'adressant au cynique marin qui osait leur tenir ce langage?

— De la piraterie, si vous le voulez, répondit l'impassible forban; du brigandage même, si cela peut vous être plus agréable : le mot ici ne fait rien à la chose, et, pourvu que nous fassions passablement nos affaires, il nous importe fort peu le nom que vous donnerez dans votre langue au genre de commerce que nous pratiquons et qui nous fait vivre. Au surplus, quand vous m'aurez prouvé le droit que vous avez sur les nègres dont vous bondez votre cale et sur cette île sauvage que vous dépouillez sans pi-

tié de ses enfants, je me réserve le plaisir de
vous démontrer la justice du droit que je viens
d'exercer sur vous. Mais en attendant que cette
grande question, pendante encore entre nous,
soit portée au pied du tribunal suprême de toutes les nations, vous voudrez bien ne pas trouver trop mauvais que je fasse prendre à bord
de vos trois navires tous les nègres que mes
gens pourront rencontrer sous vos écoutilles.
C'est une manière toute nouvelle de faire la
traite avec économie, et c'est le commerce de
Liverpool qui a dernièrement trouvé tout seul
ce procédé. Quant à nous, nous ne sommes
que les instruments fort innocents de ce genre
tout nouveau de haute spéculation maritime. »

Le flegme de cette gasconnade britannique
porta la fureur des capitaines français jusqu'au
dernier paroxisme d'exaltation. Ils traitèrent
leur impassible mystificateur de brigand, de
détrousseur de nègres, et de sale écumeur de
cargaison. Mais comme ils n'avaient que des

injures et des menaces à adresser à des lurons
qui se contentaient d'avoir pour eux la logique
de la force, ils furent bientôt contraints de subir la loi qu'il plut au vainqueur de leur imposer. Leurs nègres petits et grands, jeunes ou
vieux, passèrent en moins d'une heure de
transbordement, de leurs navires à bord des
quatre trois-mâts anglais. Seulement, pour adoucir autant qu'il leur fut possible la rigueur du
sort des vaincus, les maraudeurs de Liverpool
et de Bristol consentirent à laisser aux trois capitaines dépouillés de leurs esclaves, les bâtiments qu'ils avaient si subitement allégés du
fardeau de leur cargaison vivante; après quoi,
les trois-mâts anglais firent voile vers le sud,
et non sans offrir à leurs victimes consternées
de tant de froide violence, une salve de vingt-un
coups de canons, destinés à prouver sans doute
l'estime que de généreux ennemis savent toujours témoigner au courage malheureux.

Il ne fallut rien moins que quelques heures

de désespoir et de rage pour faire dévorer aux trois capitaines, si indignement piratés, l'affreuse idée de ce grand vol à main armée. Mais dès que les premiers instants donnés à la fureur leur permirent de songer un peu aux moyens de tirer une vengeance éclatante de l'outrage sanglant qu'ils venaient de recevoir, ils rassemblèrent autour d'eux leurs officiers pour tenir conseil sur le parti qu'il leur conviendrait d'adopter dans l'intérêt de la vindicte générale.

« Nous n'avons qu'une chose à faire pour le moment, dit un des capitaines de l'Ile-de-France à ses deux amis : c'est d'abandonner et de laisser couler nos deux négriers, déjà hachés par les boulets de ces scélérats, et de passer avec nos deux équipages à bord du capitaine Alphonse.

— Et que ferons-nous ensuite, demanda Alphonse, avec nos trois équipages réunis en un, et un seul navire pour ce triple personnel?

— Vous nous commanderez tous, reprit le préopinant, pour nous coller bord à bord du premier bâtiment anglais qui aura le malheur de tomber sous notre écoute et sous notre coupe avec des piastres dans le ventre et un bon nombre de ces gredins-là sur le pont. Piastres à nous et mort à l'Anglais, n'importe lequel! voilà mon mot d'ordre et de ralliement, à moi; je n'en connais pas d'autre.

— Oui, mort au premier Anglais rencontré! hurlèrent tous les membres de cette vendetta en pleine mer... »

La voix prophétique, sortie des entrailles émues et pour ainsi dire palpitantes des victimes, venait de se faire entendre; il ne restait plus au capitaine Alphonse qu'à recevoir de la main de ses camarades forcenés le glaive qu'ils lui confiaient tous pour les conduire et les venger...

On brûle, dans la nuit, les deux négriers condamnés à être coulés. La poudre, les boulets, les munitions et les armes seuls, arrachés aux flammes, sont transportés religieuse-

mènt à bord du navire, où ils ne seront pas long-
temps oubliés. Autour des deux bâtiments que
l'incendie consume réunis en un seul faisceau de
feu, le négrier d'Alphonse décrit, pendant la durée de ce sacrifice, un cercle qui permet aux trois
équipages entassés sur son pont de contempler
les ravages et les progrès de ce vaste embrase-
ment, offert en holocauste comme un gage de
désespoir et un vœu de vengeance. Pendant
près d'une heure, à la lueur des flammes dé-
vorantes, les figures hideuses des matelots négriers furent tournées vers le brasier que leur
rage avait allumé sur les flots bouillonnants ; et,
quand les vagues eurent éteint et enseveli en
gémissant les cendres des deux navires calcinés,
la brise porta jusqu'aux bornes de l'horizon,
encore rouge des reflets de l'incendie, ce cri immense poussé vers le ciel par deux cents bouches écumantes : *Mort aux pillards de nègres !*
extermination aux Anglais !

Non loin du Cap de Bonne-Espérance, de

cette montagne en pleine mer dont le front co-
lossal semble sans cesse défier et attirer les
orages, s'étendent des parages qui, dans un
petit espace, voient se croiser tous les navires
que l'Europe envoie dans l'Inde et que l'Inde
rend ensuite à l'Europe. C'est sur cette limite
maritime de l'Afrique et de l'Asie qu'autrefois
un poète célèbre évoqua le génie des tempêtes pour le faire apparaître aux yeux des premiers navigateurs qui osèrent pénétrer dans un
monde encore ignoré de nos pères. Ce fut aussi
sous ces latitudes, aujourd'hui si connues de
tous les marins de l'Occident, que le capitaine
Alphonse et ses compagnons se dirigèrent, avec
l'espoir de trouver bientôt l'occasion d'exercer
les vengeances qu'ils avaient juré de rendre
éclatantes et terribles. Peu de jours furent nécessaires au rapide navire qui les portait pour
atteindre le lieu où les bâtiments anglais navi-
guaient alors le plus fréquemment et avec le
moins de défiance; et, lorsque les hommes des

trois équipages réunis à bord du négrier de Rio
se sentirent rendus sur la route que parcou-
raient les nombreux navires qu'ils se propo-
saient de sacrifier à leur aveugle rage, leur impatience ne connut plus de bornes. « Attaquons le
premier trois-mâts qui se présentera sous le pavillon de nos voleurs d'esclaves! s'écriaient
à chaque instant les matelots exaspérés. Ce que
nous voulons, c'est une demi-heure seulement
d'abordage ; car ce n'est qu'à ce petit jeu-là que
nous pourrons prendre un peu proprement la
revanche de la partie où ils nous ont si joliment
trichés. Nos capitaines craignent, disaient-ils,
en abordant le premier venu, de tomber sous
la volée d'une frégate ou d'une corvette : et
qu'est-ce que ça nous fait à nous, pourvu que
nous puissions nous faire tuer après avoir fait
manger le manche de nos briquets et la culasse
de nos canons à nos voleurs de nègres tout
traités ! »

Des dispositions aussi formelles et aussi libre-

ment exprimées ne permirent au jeune chef
placé à la tête de tant de courages déchaînés,
ni de choisir l'ennemi qu'il devait leur donner
à dévorer, ni de suivre les règles d'une prudence qu'ils ne voulaient plus écouter. Le premier navire qui s'offrit à eux fut celui qu'ils
résolurent d'aborder sur-le-champ pour l'a-
néantir ou pour couler le long de son bord. « Malheur! avaient-ils dit en apercevant le bâtiment
que la fatalité avait dévoué à leur rage effrénée,
malheur à celui qui recevra nos grapins sur ses
bastingages! Le chargement de vengeance que
nous portons dans notre cale ne sera pas aussi
léger à enlever que celui qui a passé si lestement
à bord des quatre forbans de Madagascar! » Et,
en proférant ces sombres menaces, les matelots du négrier avaient déjà mordu avec colère
les balles dont ils chargeaient leurs carabines
et ébréché, avec un raffinement de cruauté
inouïe, le fil acéré de leurs terribles haches
d'abordage; car déjà leurs regards agacés avaient

aperçu le trois-mâts courant à contre-bord d'eux. Ce bâtiment paisible, dont on n'a que trop tôt peut-être deviné déjà le sort, celui-là même que le récit de madame de Leuvry nous a fait connaître dans un chapitre précédent, se rendait de l'Ile-de-France à Londres avec cette sécurité que l'état de paix dont on jouissait alors devait inspirer à tous les navires protégés par la puissante Angleterre. Quelques légères pièces d'artillerie élégamment amarrées sur son pont, et plutôt destinées à faire l'ornement de ses larges gaillards, qu'à assurer sa défense contre les corsaires, depuis long-temps oubliés, sur les mers tranquilles qu'il parcourait, composaient son petit et gracieux armement. Un équipage nombreux, mais plutôt habitué à la manœuvre des voiles qu'exercé au pointage du canon, se pressait sur ses passavants, toujours disposé à obéir aux ordres pacifiques de son paternel capitaine. Un groupe de joyeux et riches passagers, montés sur la dunette, à l'ombre

d'une tente de coutil, complétait, pour ainsi
dire, la douce physionomie qu'offrait au sein
du calme des flots ce lourd et opulent navire,
image trop fidèle de la béatitude maritime que
goûtaient, à cette époque, les bâtiments d'élite
affectés à la productive navigation de l'Inde.

Quel contraste devait présenter auprès de ce
trois-mâts du commerce le terrible négrier
d'Alphonse! Tout meurtri, tout haché du dernier combat qu'il avait soutenu, mais traînant
encore avec fierté sur les flots sa voilure en lam-
beaux et sa coque mutilée, le navire de Rio
laissait voir dans les crénelures de sa batterie à
moitié défoncée la bouche béante de dix canons
encore tout noircis de larges traces de poudre.
Ses gaillards et sa dunette n'étaient couverts ni
de frais et robustes matelots, ni de jeunes et élé-
gants passagers : mais, au-dessus de la longue lisse
de ses plabords apparaissaient, comme une multitude de sinistres fantômes, les mâles visages
et les têtes affreuses de ses marins affamés et

déguenillés. A l'aspect inattendu de cette lugubre vision, le capitaine anglais, pressentant le
danger qu'il pouvait courir en se laissant approcher par le bâtiment qui avait déjà reviré
dans ses eaux, jugea à propos de prendre chasse
devant lui. Dans les premiers moments de fuite,
il crut même pouvoir se flatter d'échapper à la
poursuite qu'il avait commencé à redouter si
tard ; mais, au bout de deux heures de lutte,
il ne lui fut plus permis de s'abuser sur la supériorité de marche que possédait sur lui le navire
que la fraîcheur de la brise semblait attacher avec
trop d'avantage à la trace de son faible sillage.
Ce fut en ce moment, si pénible, qu'acceptant
toute la responsabilité de sa position, il ordonna
à son équipage d'assurer son pavillon par un
coup de caronade, en invitant les passagers et
les passagères à descendre dans l'entrepont et
en commandant à tout son monde de se préparer
à défendre le navire par tous les moyens que
la nécessité le réduirait à mettre en usage.

Au coup de canon à poudre envoyé pour assurer le pavillon national du paquebot anglais,
le négrier ne répondit qu'en faisant clouer au
haut de son mât de misaine un lambeau de
toile noire : c'était là la bannière sous laquelle
il allait combattre, et cet emblême de deuil ne
révéla que trop aux marins anglais le sort qu'ils
étaient destinés à subir dans l'engagement inévitable que leur présentait leur cruel et mystérieux adversaire...

Ce combat singulier, cette rencontre sans
témoins entre les deux champions, commença
comme les duels à mort, à la plus petite distance possible : le négrier eut les honneurs du
premier coup, et quoiqu'il se trouvât de moitié moins haut sur l'eau que l'ennemi qu'il
osait attaquer, il sut diriger son feu avec tant
de calme et d'adresse, qu'aucun de ses boulets
ne fut ni hasardé ni perdu. Mais, soit que,
dans le rapprochement des deux navires, les
pièces que le paquebot avait réussi à tourner

contre son assaillant eussent été bien pointées
par les hommes qui les manœuvraient, ou soit
que l'élévation du paquebot dût lui donner un
avantage momentané sur son agresseur, on vit,
à la première décharge essuyée par le négrier,
tout un groupe de matelots disparaître sur son
pont balayé par la mitraille. Ce succès malheureux devint le signal de la perte des Anglais...
Leurs provocateurs, bien plus irrités que
consternés de la mort de leurs camarades, de-
mandent avec furie à leur capitaine à aborder le navire qui leur résiste encore : ce vœu
unanime de la fureur est bientôt exaucé, et
dès que le négrier a manœuvré de manière
à accoster le paquebot, cinquante à soixante
des matelots d'Alphonse, courant, le poi-
gnard ou la hache à la main, sur le beaupré,
tombent, comme des tigres furieux, face à face
avec les victimes promises à leur férocité.....
Une heure de carnage apaisa à peine la soif de
sang dont ils étaient brûlés... Des marins dés-

armés, croyant trouver un asile contre leurs
bourreaux, en se réfugiant parmi les passagers, furent immolés jusque sous les yeux des
femmes et des enfants cachés dans l'entrepont,
et ce ne fut enfin que lorsque, fatigués de boucherie et épuisés de colère, les hommes du
négrier purent entendre la voix de leurs chefs,
qu'ils s'arrêtèrent pour contempler encore avec
délices toute l'horreur du massacre dont ils
s'étaient repus...

Une telle victoire devait avoir ses fruits, et
la vaillante conduite de l'équipage vainqueur
ne pouvait rester sans récompense. Pendant
tout un jour le pillage du navire capturé fut
abandonné aux matelots du négrier, à l'exception de plusieurs barils remplis d'or et d'argent,
que l'on réserva pour indemniser les propriétaires du navire pillé et des bâtiments
coulés, des pertes que l'acte de piraterie des
croiseurs anglais leur avaient fait subir sur les
côtes de Madagascar. Les passagers et les

femmes trouvées à demi mortes de peur à bord
du paquebot, furent transportés sur le négrier
d'Alphonse pendant le temps consacré au sac-
cage de leur bâtiment : ce fut en ce moment
que madame de Leuvry et ses malheureuses
compagnes virent avec tant d'effroi les matelots farouches au milieu desquels elles venaient
d'être jetées, se montrer à leurs regards la
figure couverte d'un masque hideux ou les
traits cachés sous une affreuse couche de pein-
ture noire.... Long-temps les chefs du corsaire
parurent hésiter sur le parti qu'ils prendraient
à l'égard de la prise, dont la possession semblait les embarrasser. L'un voulait que l'on
coulât à fond le navire anglais avec le reste de
son équipage et tous ses passagers, pour faire
disparaître les traces d'un acte de vengeance
dont plus tard on pourrait leur demander
compte. L'autre prétendait qu'il suffirait de
mettre le feu au paquebot et d'abandonner les
matelots et les passagers dans la chaloupe du

trois-mâts, pour n'avoir pas à redouter les révélations de ces malheureux à qui le nom du
négrier était d'ailleurs inconnu. Le capitaine
Alphonse, plus humain ou moins timoré que ses
deux collègues, pensa qu'en renvoyant les Anglais et leurs passagers à bord de leur navire
déjà criblé de mitraille et à moitié rempli d'eau,
on satisferait aux précautions que prescrivait
la prudence et à la pitié que devait inspirer le
sort de quelques femmes innocentes. Ce dernier avis, quoique le moins cruel, prévalut;
mais non pas sans avoir été longuement et vivement combattu par les deux capitaines appe-
lés à discuter, avec le jeune commandant, la
résolution qu'il conviendrait d'adopter dans
l'intérêt de la sûreté générale.

Vers minuit les passagers et les marins anglais qu'avait épargnés le carnage furent donc
reconduits mystérieusement à bord de leur
navire, avarié par le combat du matin et dépouillé par les forbans. Un officier, le seul qui

fût resté vivant de tout l'état-major du paquebot, devint le capitaine du bâtiment en détresse.
Un des chefs du corsaire, en montrant, par un
reste de commisération, à cet infortuné l'aire de
vent qu'il devait suivre pour tâcher de gagne r
le Cap de Bonne-Espérance, lui demanda en
anglais, pour prix de ce service, le nom d'une
des jeunes passagères. L'officier, qui chercha en
ce moment à distinguer, mais inutilement, la
figure toute noircie de celui qui l'interrogeait
ainsi, se contenta de répondre : La personne
dont vous voulez connaître le nom est mademoiselle Despamiers, de l'Ile-de-France, et sa
famille l'avait confiée à notre pauvre capitaine,
qui, en mourant, a eu au moins la satisfaction
de ne pas la voir déshonorée.

Le misérable à qui l'officier anglais osait faire
une telle réponse regarda fixement le jeune homme, et, en lui étreignant la main avec violen ce, il
lui laissa deviner l'effort qu'il faisait sur lui-même
pour ne pas le punir de la témérité de sa franchise.

Le négrier dévalisé quelques jours auparavant par les pillards anglais s'éloigne à son tour, chargé des dépouilles du navire de Londres. Sauvage justice, sans doute, que celle qui rend toute une nation responsable du crime de quelques-uns et qui punit le vol qu'elle est forcée de subir par le meurtre des innocents qu'elle peut immoler ! Mais quelle est la vengeance humaine qui, affranchie de la crainte des lois, a pu jamais se flatter de s'exercer sans passion et sans cruauté ? Les guerres atroces que se livrent les peuples qui sont parvenus à établir certaines règles jusque dans l'art de s'entre-détruire sont-elles donc toujours plus justes et moins sanglantes que les représailles qu'exercent les uns contre les autres des individus qui ont un outrage à venger ou une spoliation à faire expier !

Le capitaine Alphonse, en quittant les parages où il venait de remporter une victoire qu'il n'osait s'avouer à lui-même, engagea ses compagnons à aller ensevelir au Brésil le souvenir

de l'attentat dont ils devaient comme lui supporter la honte et le poids; et le jeune commandant n'eut pas de peine à faire comprendre à
ses complices l'intérêt qu'ils avaient à envelopper du mystère le plus impénétrable le dernier acte du drame sanglant auquel les mers
du Cap de Bonne-Espérance avaient servi de
théâtre... «En nous rendant à Rio, dit Alphonse à ses officiers et à son équipage, nous
ne suivrons que la destination naturelle de
notre navire, et une fois rentrés dans ce port,
ouvert à tous les bâtiments de traite, il nous
sera facile, en nous dispersant, d'éviter les
soupçons et de tromper les poursuites de ceux
qui pourraient se croire intéressés à découvrir dans notre réunion l'indice d'un fait
dont on ne manquera pas de rechercher les au-
teurs. La vengeance que nous avons tirée sur
un bâtiment anglais, d'un brigandage commis
à notre égard sous le pavillon de cette nation, a
sans doute été légitime autant que cruelle. Mais

il nous importe aujourd'hui de ne pas braver en face les lois que nous avons pu méconnaître pour nous faire justice du crime de piraterie dont nous avons été les victimes. Au Brésil, l'indulgence des juges s'achète, mais il faut la payer cher quand l'accusation est lourde : la moindre indiscrétion de notre part pourrait nous coûter tout l'or que nous avons réussi à arracher avec tant de peine à l'ennemi que nous avons eu le bonheur de rançonner. Jurons donc, tandis que nous sommes rassemblés, et que seuls nous nous trouvons encore dépositaires du secret auquel peut-être notre tête est attachée, jurons que jamais le secret qui nous lie et qui protége notre existence ne sera divulgué qu'à nos armateurs, qui, eux-mêmes, seront aussi intéressés que nous à se taire, après avoir partagé le fruit de notre téméraire et heureuse tentative ! »

Tous les négriers s'engagèrent par un serment de mort, à ne jamais laisser échapper de leur bouche la révélation du crime que la *justice de terre,* comme ils disaient, pourrait un jour faire peser sur leurs têtes ; et pour sceller cette promesse solennelle à la manière des anciens flibustiers, quelques-uns des matelots allèrent jusqu'à mêler leur sang sous la pointe de leurs poignards, en signe d'inviolabilité de la foi jurée.

Dès son retour à Rio, Alphonse, retrouvant en présence des mœurs d'une grande ville, les sentiments qu'il n'avait que trop long-temps oubliés au milieu d'une troupe de sauvages matelots, courut, la honte sur le front et le repentir dans l'âme, chez son armateur, qui, tout étonné de l'apparition soudaine de son capitaine, lui demanda ce que pouvait signifier le désordre qu'il croyait remarquer sur ses traits.

«—Ce désordre doit vous indiquer, répondit le capitaine, que l'expédition qui m'avait été confiée a été manquée.

— Et combien d'esclaves avez-vous encore

réussi à nous ramener de Madagascar? s'écria
le vieux da Roca, plus déconcerté cette fois
que celui à qui il adressait cette question.

— Aucun! reprit le capitaine. Des brigands
m'ont tout enlevé en mer, malgré la résistance
que nous avons pu leur opposer en défendant
notre cargaison jusqu'à la dernière extrémité.
Mais, secondés bientôt par la résolution de deux
braves compagnons qui avaient éprouvé le même
sort, nous avons trouvé moyen de faire payer
cher aux Anglais la spoliation dont un des leurs
nous avait rendus victimes. Apprenez qu'après
avoir pillé un riche paquebot de Londres, je
vous rapporte, pour votre part du butin, quelques barils de piastres qui vous indemniseront,
et au-delà, de la perte de tous les nègres que
j'avais réussi à traiter pour votre compte et le
mien. »

Le sensible négociant, qui, à la nouvelle
de la catastrophe arrivée au capitaine, était
resté muet de saisissement, recouvra, en en-

tendant parler de quelques barils de piastres
ramenés à son adresse, assez de résignation et
de philosophie pour écouter avec intérêt le
récit qu'Alphonse avait à lui faire. A mesure
même que le capitaine retraçait les détails les
plus saisissants de sa cruelle aventure, la physionomie de l'armateur semblait s'épanouir
avec béatitude, en prenant une expression
inaccoutumée de complaisance et de sérénité.
Quand le narrateur eut fini, et que son audi-
teur eut un peu sérieusement médité les paroles qu'il venait d'entendre, il résuma son
opinion sur l'état présent de la question, en
disant, avec une gravité toute mathématique
à Alphonse :

« Mon cher capitaine, tout ce que vous
venez de me confier sous le sceau du secret le
plus inviolable, me prouve d'abord une chose,
dont, au reste, je n'ai jamais douté, c'est que
vous avez rempli avec un scrupule malheureusement trop rare aujourd'hui, un devoir de

I.

zèle et de probité. Mais en vous envoyant
acheter deux cent cinquante à trois cents nègres Malgaches, je vous avais chargé de faire
de la traite et non pas de la piraterie.

— Comment, de la piraterie! s'écria, à ce
dernier mot, Alphonse, qui ne s'attendait pas
à une telle objection de la part d'un pareil
homme.

— Oui, de la piraterie, par excès de probité et de délicatesse, si vous le voulez, reprit
doucement l'armateur Brésilien. Cette expression, prise dans le sens honorable que je voulais lui donner, ne peut avoir rien que de très-
flatteur pour vous; car, c'est par élan de
conscience et par intérêt pour moi que vous
avez agi comme vous l'avez fait; j'en suis
même plus que persuadé. Mais par malheur,
en ce bas monde, les plus nobles actions sont
souvent exposées à être interprétées par la méchanceté ou l'ignorance, dans le sens des
choses les plus blâmables. La manière coura-

geuse dont vous avez fait expier à un bâtiment
anglais le préjudice que des navires de sa
nation ont osé vous causer, est en tout con-
forme aux lois de la plus stricte équité, et
j'ajouterai même que je la trouve digne de votre
caractère et de votre vaillance. Mais un acte
comme celui dont vous vous êtes honoré à mes
yeux, ne peut long-temps rester ignoré des
gens d'ordinaire mal renseignés ou mal inten-
tionnés. Les coups de canon tirés à boulet sur
mer en pleine paix ont tôt ou tard de l'écho,
et je ne serais pas surpris que dans quelques
jours l'ambassadeur anglais de Rio n'entendît
parler de votre affaire. Or, ce qu'il faut éviter
avant tout dans les circonstances compromet-
tantes, c'est le bout du doigt de ceux qui, à
tort ou à raison, s'imaginent avoir pour eux
la force et la justice en main. En conséquence,
mon cher capitaine, si vous en croyez ma vieille
expérience, vous préviendrez le plus tôt possible toute espèce de fausse interprétation sur

votre compte, en retournant tout de suite en
mer, après m'avoir remis les barils d'argent
que vous avez su vous approprier si honorable-
ment, pour m'indemniser de la perte trop douloureuse que j'aurais éprouvée sans votre noble
dévouement.

— Mais qu'irais-je faire en mer en partant
si tôt? demanda Alphonse, qui n'avait pas encore pressenti l'intention de son magnanime
protecteur.

— Mais, continuer pour votre compte et le
mien ce que vous avez si bien commencé,
reprit en souriant malignement le rusé spéculateur.

— Quoi! refaire la traite à Madagascar?
alors que j'ai si mal réussi dans une première
opération.

— Oui, la traite, si vous voulez, ajouta le
Brésilien, mais la traite des Anglais, et non pas
celle des noirs.

— Comment! de la piraterie encore! vous
qui venez de me reprocher comme un brigandage, l'action dont vous profitez, murmura
d'une voix étouffée le jeune homme stupéfait.
Oh! pour le coup, c'en est trop, seigneur da
Roca. J'ai pu, malheureux et inexpérimenté
que j'étais, aller, par besoin plus que par
inhumanité, acheter des hommes mes semblables, pour les revendre ensuite à des trafi-
queurs avides qui valaient moins qu'eux. Pillé
en mer par des brigands anglais, j'ai pu, n'é-
coutant que la vengeance, dépouiller des
infortunés qui n'avaient d'autre tort à mes yeux
que d'appartenir à la même nation que mes
spoliateurs. Trop faible ou trop irréfléchi, j'ai
pu enfin préférer le crime à la misère, et devenir cruel après avoir été sacrifié moi-même.
Mais, si l'égarement que j'ai à me reprocher
peut jamais espérer un pardon, ce n'est, je
le sens, que dans la force que je mettrai à

m'arrêter au bord de l'abîme, que je le trouverai. Eh bien, aujourd'hui que vous venez de me révéler, dans les odieux projets que vous avez formés sur moi, toute la honte attachée déjà à ma situation, je m'arrête dans la voie du déshonneur, pour repousser vos offres infâmes... Faites reprendre à bord de votre bâtiment tout l'or que j'ai réservé pour vous; il vous appartient plus qu'à moi, car il est taché du sang qui va vous indemniser de vos pertes, et il est destiné à payer le prix des esclaves que je n'ai pu vous ramener. Quant à moi, je cours ailleurs ensevelir ou m'efforcer du moins d'apaiser les remords que je n'aurais jamais connus sans vous. Adieu !

— Eh bien, s'écria le riche capitaliste, en voyant Alphonse prendre aussi brusquement congé de lui; eh bien, le voilà maintenant qui s'en va!... « Puis, faisant une réflexion sur lui-même, le seigneur da Roca se dit, tout ému

de cette scène étrange : « Conçoit-on un pareil homme ! Quitter de la sorte une partie
qu'il avait si bien commencée ?..... Oh ! il faut
qu'il y ait une bien sotte humilité ou une bien
grande folie dans le cœur de ce pauvre capitaine !... »

A vingt ans, les moments de dégoût durent
peu, et les résolutions décisives sont bientôt
prises. Alphonse, satisfait d'avoir offert à son
retour vers des sentiments d'honneur, le sacrifice d'une fortune qu'il n'aurait pu accepter
sans ignominie, songea à revoir la France et à
chercher un refuge contre lui-même, dans le
sein de sa famille ; car il est bien rare que le souvenir de tout ce que nous avons aimé ne se mêle
pas dans notre cœur à tous les bons sentiments
qui nous ramènent vers des idées de sagesse et
de vertu..... Un navire français se disposait
depuis quelque temps à faire voile de Rio pour
Bordeaux. Accompagné de son fidèle Goulven,

le seul ami qui lui fût resté sur la terre étrangère, Alphonse alla demander un passage pour
France au capitaine du bâtiment en partance.
Le capitaine, enchanté de trouver l'occasion
de rendre service à deux de ses compatriotes,
et surtout à deux de ses confrères, reçut à son
bord le chevalier de Chabert et son compagnon,
qui, à la veille de quitter le Brésil, s'étaient
prudemment dépouillés des noms d'emprunt
auxquels menaçait déjà de s'attacher une trop
dangereuse célébrité. Pour prix de l'hospitalité
qu'ils avaient rencontrée à bord du bâtiment de
leur nation, le jeune chevalier proposa de remplir pendant le voyage les fonctions d'officier,
et Goulven, de faire le service, beaucoup plus
modeste, de simple matelot avec les autres
hommes de l'équipage. Les marins, comme on
sait, sont parmi tous les philosophes pratiques,
les seuls qui, sans afficher l'orgueil de la secte
du Portique, peuvent se flatter de traîner toujours avec eux leur fortune et leurs pénates.

Le navire libérateur mit à la voile, emportant avec lui nos deux aventuriers et leur secret; secret terrible que la mer n'avait pas enseveli tout entier dans son sein, et qu'elle pouvait d'un moment à l'autre rejeter peut-être un jour sur ses bords.

VI.

En arrivant à Bordeaux, et en revoyant la
France après une absence de trois années, le
chevalier se fit une idée assez exacte des embarras de sa position, pour prendre d'abord
toutes les mesures qu'il jugea propres à assurer sa sécurité et à préparer le succès des démarches qu'il se proposait de tenter pour rentrer
dans les bonnes grâces de sa famille. Ceux de

ses parents dont il lui importait le plus de solliciter l'indulgence, se trouvaient à Paris, et il
résolut d'aller à eux, et de leur avouer une
partie des moindres fautes qu'il eût commises,
espérant désarmer leur courroux par sa franchise, et obtenir son pardon en leur faisant
accueillir l'expression de son repentir. Mais la
circonspection dont il fallait user pour atteindre
ce but, lui prescrivait la plus grande réserve
dans la conduite qu'il avait à tenir ; et, avant
de mettre son projet à exécution, il jugea convenable de laisser Goulven à Bordeaux, jusqu'au moment où il lui serait possible de le
rappeler près de lui sans avoir à redouter les
conséquences de sa présence ou de ses indis-
crétions. Malgré son peu d'expérience des
hommes et des affaires, le chevalier avait déjà
compris que dans les circonstances délicates,
les amis maladroits sont encore plus compro-
mettants, par l'excès d'un zèle malentendu, que
les amis les moins réservés ; or, le pauvre

Goulven, malgré l'attachement qu'il portait à
son jeune protecteur, avait conservé une si
grande naïveté d'idées et un tel entêtement de
caractère, qu'avec lui, le chevalier aurait
toujours eu à redouter ou l'ingénuité d'un aveu
imprudent, ou les révélations qu'un moment
d'humeur aurait pu arracher à l'impétuosité
de sa rudesse irréfléchie. Rien, au reste, ne
fut plus facile à Chabert, que de faire concevoir
à Goulven la nécessité d'une séparation momen-
tanée ; et le confident du chevalier accepta avec
d'autant plus de plaisir la proposition de rester
quelque temps encore à Bordeaux, qu'il se
sentait moins d'envie de s'éloigner d'un port
de mer pour aller s'ennuyer à courir les rues
d'une capitale, dont le nom seul suffisait pour
lui inspirer la plus invincible répugnance.
Le peu d'argent que Chabert avait à sa disposition fut laissé à Goulven, qui, en promettant
à son mentor le silence le plus inviolable sur
le passé, lui fit prendre l'engagement de reve-

nir bientôt le relever de la *quarantaine* qu'il lui imposait pour aller lui-même se tirer d'affaire loin de lui et sans lui. Le chevalier partit, et, en le voyant s'éloigner, Goulven, pour la première fois de sa vie, se prit à verser des larmes d'attendrissement, car, pour la première fois alors, il sentit son cœur se fendre à l'idée d'une séparation qui semblait lui arracher quelque chose de son existence. Jusque là, le petit matelot avait aimé son maître sans trop mesurer le degré d'affection qu'il lui avait vouée. L'habitude de le retrouver chaque jour à côté de lui comme la veille, avec les exigences et les caprices dont il avait souvent à souffrir plus que tout autre, avait dû même contribuer à lui laisser ignorer une partie des liens qui l'attachaient à son protecteur. Mais son maître absent venait de révéler à son âme un sentiment qu'il ne s'était jamais soupçonné, et en pleurant comme un enfant qu'il était encore, il s'accusait presque comme d'une faiblesse in-

digne de sa fierté sauvage, de verser des larmes
de tendresse, lui qui n'avait encore répandu
que des larmes de dépit ou de colère.

A son arrivée à Paris, le chevalier eut la
la douleur d'apprendre que son père, informé
de sa désertion à Rio, était mort depuis sept
mois, et en ne lui laissant à lui, cadet de la
famille, qu'une très-petite partie de la fortune
dont son frère aîné s'était empressé d'hériter.
Un vieil oncle riche, avare et influent, restait
au chevalier. Il alla implorer non la pitié de
cet oncle, mais sa protection pour qu'il voulût
bien s'employer auprès du secrétaire d'État de
la marine, de manière à le faire rentrer, avec
son titre de garde de pavillon, dans le corps
auquel il avait appartenu et qu'il avait si im-
prudemment abandonné dans la relâche de la
frégate *la Fidèle* au Brésil. L'oncle du jeune
Chabert, qui se montrait toujours fort obligeant
quand il ne s'agissait que de prodiguer son crédit à la cour, sans l'exposer à ouvrir sa bourse

à ses amis, vit le ministre, renouvela ses démarches jusqu'à l'importunité, et ne parvint,
pour prix de toutes ses peines, qu'à obtenir du
secrétaire d'État cette réponse rigoureuse :
« Monsieur, votre neveu a commis une faute
que nous voulons bien ne pas punir, par égard
pour son nom et sa famille, mais qu'il nous est
impossible d'oublier; et tout ce que nous pouvons lui accorder, c'est la permission de vivre
en France sans être traduit devant une cour
martiale, pour peu qu'il ait la prudence de ne
jamais remettre le pied sur mer. »

Le peu de mots que contenait cette réponse
que les importunes sollicitations de l'oncle
avaient fini par arracher à l'impatience du ministre, sembla révéler à l'inquiète pénétration
du neveu, un sens qu'il jugea convenable de
ne pas chercher à éclaircir trop publiquement;
et, remettant à un temps plus favorable le soin
de renouveler ses démarches, il résolut pour le
moment de suivre le conseil prudent que lui

avait donné le secrétaire d'État de la marine,
et de vivre paisiblement et obscurément de son
revenu pendant quelques mois de retraite
forcée.

Les hommes qui, dans le cours d'une labo-
rieuse carrière ou d'une existence orageuse,
ont envié si souvent la destinée cachée mais
tranquille des plus pauvres artisans, doivent
se trouver bien étonnés de la capricieuse
bizarrerie de l'esprit humain, lorsque, rendus
enfin au calme qu'ils ont tant de fois désiré,
ils se prennent à regretter leurs émotions passées et jusqu'aux agitations de leurs plus mauvais jours. Au bout de quelques semaines d'oisiveté, au sein d'une grande ville qui ne lui
offrait que des distractions sans plaisirs, ou des
plaisirs auxquels il était si long-temps resté
étranger par son éducation et par ses goûts,
notre marin dépaysé sentit se réveiller, au fond
de son âme attristée, le besoin d'alimenter l'activité de son imagination.

11

Toutes les fois qu'attiré par un secret instinct
sur les hautes montagnes qui environnent Paris, il allait, comme naguère encore sur les
falaises du rivage, promener ses regards sur le
cercle de l'horizon, il lui semblait voir dans les
vapeurs bleuâtres qui disparaissaient au loin à
ses yeux, la mer avec sa vaste étendue et ses
brumes onduleuses. Alors naissaient en foule,
dans sa pensée, les souvenirs de sa vie errante,
embellis de ce charme que les regrets donnent
toujours aux jouissances que nous avons per-
dues. Parmi tous les pays de France, Paris,
avec son élégante civilisation et ses mœurs si
coquettement bourgeoises, est peut-être la ville
la plus antipathique aux marins. On dirait en
effet que dans cette bruyante et immense cité, le
hasard ou la Providence se sont plu à rassembler tout ce qui peut former le contraste le plus
choquant avec l'aspect et les habitudes des ports
de mer; et, pendant que la plupart des autres
capitales du monde gardent encore l'empreinte

de leur origine ou de leur parenté maritime,
Paris, avec le ridicule vaisseau qui lui sert
d'armes et d'emblême, semble s'enorgueillir
d'ignorer que le fleuve qui coule à ses pieds va
se perdre, à cinquante lieues des plaines qu'il
arrose, dans les vagues de cet océan dont la
France fut autrefois la reine. Fatigué du séjour
qu'on lui avait presque imposé comme un exil
au milieu de sa patrie, le chevalier de Chabert
se détermina bientôt à chercher, fût-ce encore
à l'étranger, un refuge contre l'ennui qui le
dévorait; mais, avant d'adopter le parti désespéré vers lequel ne l'entraînait que trop violemment l'impétuosité de son caractère, il voulut
encore tenter auprès des puissances du jour
les moyens de rentrer dans la carrière brillante
que sa coupable légèreté lui avait fermée, et
que les anciens amis de sa famille n'avaient pu
jusque là lui rouvrir.

Une intrigante que la singularité de sa destinée et les ressources de son esprit avaient

mise à la mode à cette époque, où le faux esprit et les mauvaises mœurs régnaient encore
sur une société frivole et corrompue, passait
pour exercer la plus haute influence sur les
hommes qui imprimaient le mouvement à toutes les affaires publiques. Maîtresse avouée de
l'ambassadeur de Portugal, qu'elle dirigeait à
son gré, cette femme avait plu à la cour par le
dévouement qu'elle avait mis à servir les intérêts de la France dans quelques-unes des négo-
ciations auxquelles son indiscrète activité l'avait
mêlée; et sans chercher à inspirer une estime à
laquelle elle avait la bonne foi de ne pas prétendre, elle était parvenue à se donner une
importance que les plus grands personnages se
faisaient un devoir de ménager, tout en affi-
chant le plus superbe dédain pour celle qui
avait su conquérir cette importance. Partout on
citait ses bons mots, on vantait son obligeance,
et les courtisans, en évoquant avec malignité
les souvenirs de sa vie passée, avaient toujours

soin de rappeler, pour tempérer la malice de leurs épigrammes, l'extrême beauté dont elle avait encore conservé les restes séduisants dans un âge que l'on avait lieu de supposer déjà assez avancé. Mais ce qui contribuait à prouver surtout le mérite incontestable de la favorite du vieux diplomate qu'elle gouvernait, c'étaient la nullité notoire de l'ambassadeur du Portugal et la splendeur que la favorite était parvenue à jeter sur l'ambassade de cette puissance. Jamais enfin, disait-on, la politique des Bragance n'avait été mieux représentée à Paris, que depuis qu'une courtisane portugaise s'était avisée de prendre en main les rênes de la diplomatie péninsulaire et les lisières du vieux ministre-enfant chargé de défendre les intérêts de son pays et de son maître.

En entendant parler de la moderne Égérie du ministre de Lisbonne accrédité près la cour de Versailles, le chevalier de Chabert se rappela ce que lui avait dit à Rio Don Ponté da

Roca sur la fortune extraordinaire que passait
pour avoir faite en diplomatie la dona Marina ;
et, en rapprochant ses souvenirs des rensei-
gnements qu'il avait recueillis depuis son arrivée à Paris, il resta à peu près persuadé que
l'ambassadrice de fait du Portugal ne pouvait
guère être autre chose que son aimable protectrice du Brésil. Les démarches, qui coûtent tant
à la plupart des jeunes gens lorsqu'ils ont à solliciter de hauts personnages, ne leur inspirent
jamais les mêmes répugnances alors qu'il ne
s'agit que d'intéresser une grande dame à leur
fortune ou à leurs espérances ; les jolis garçons
ont même sur ce point une si admirable confiance en eux-mêmes, qu'ils ne redoutent presque jamais de devenir importuns ou indiscrets,
quand ils ont quelque chose à demander aux
femmes en crédit. Chabert, au risque de commettre une méprise, n'hésita pas à se présenter chez l'inspiratrice du vieil ambassadeur,
avec l'espoir de retrouver tout à la fois dans la

favorite à la mode, son ancienne conquête de
Rio et la femme toute puissate dont il lui importait
de capter la bienveillance. Rempli de cette confiance que lui donnait un peu de fatuité, dans le
succès de la démarche qu'il s'est proposé de tenter, au lieu de solliciter une entrevue particu-
lière, il entre un jour d'audience, à l'hôtel de
l'ambassadeur, en demandant à parler à madame
la nièce de son excellence ; car c'était là le titre
officiel sous lequel la confidente intime du ministre était désignée dans toutes les occasions
où il devenait bienséant que son intervention
revêtit les apparences au moins temporaires
d'une certaine moralité diplomatique.

A peine le beau solliciteur eut-il formulé
sa demande assez insolice, en termes assez mal
assurés, qu'il vit accourir à lui dona Marina,
étonnée et ravie. « Et à quel heureux hasard de-
vons-nous le plaisir de vous voir ici? lui dit la
dame en le prenant par la main et en le condui-
sant dans son cabinet.

— Mais, madame, répondit Chabert, c'est
moins le hasard, que votre renommée qui m'a
conduit aujourd'hui auprès de vous.

— Ah, oui! ma renommée, répliqua gaî-
ment Marina : j'entends. Vous avez voulu admirer dans sa splendeur la pauvre abandonnée
que vous avez vue réduite aux plus tristes expédients pendant son exil à Rio. Mais tenez, je
vous pardonne bien volontiers ce mouvement
de curiosité, qui ne peut vous avoir été inspiré,
je le sais bien, par le désir de m'humilier, et
qui, l'eût-il été, n'aboutirait à rien ; car voyez-
vous, je ne suis pas plus vaine de ma prospérité présente, que je ne suis honteuse de mon
abaissement passé. Et d'ailleurs pourquoi de
l'orgueil, je vous le demande, moi qui ne touche à la grandeur que par ce qu'il y a de plus
fragile et de plus frivole au monde !

— Madame, reprit le chevalier avec autant
de gravité qu'il lui fut possible, soyez persuadée que la curiosité seule n'a pu conduire

auprès de vous, un homme qui se rappellera
toujours avec reconnaissance ce que vous avez
fait pour lui dans des temps où votre générosité donnait déjà un prix inestimable à vos services.

— De la reconnaissance, dites-vous, mon
cher capitaine ? Tenez, laissons s'il vous plaît
de côté ce mot-là, qui n'est employé ici que
pour tromper : parlons de nous, de vous, de moi
si vous voulez. Convenez, n'est-ce pas, que
vous avez été bien surpris d'apprendre le chemin que j'ai fait en montant à perte d'haleine,
depuis que nous ne nous sommes vus ?

— Moins surpris peut-être que vous ne vous
l'imaginez. Don Ponté da Roca m'en avait dit
quelque chose, et vous-même n'avez-vous pas
eu soin de me préparer à votre haute fortune,
en me parlant plusieurs fois du pressentiment
de votre élévation future !

— C'est vrai ; mais tout cela n'en est pas
moins une chose fort étourdissante. Au sur-

plus, le hasard n'a pas tout fait dans ma destinée et pour mon bonheur; et, soit dit entre
nous, j'ai eu ma bonne part dans ce qu'il a plu
au sort de faire en ma faveur.

— Votre influence aujourd'hui est immense.....

— Dites monstrueuse, scandaleuse même si
vous voulez parler comme les rigoristes. Mais,
qu'importe ce que les envieux peuvent penser
de moi? J'ai obligé tant de monde, qu'en vérité le grand nombre doit, pour peu qu'il soit
juste, me pardonner la vogue dont je jouis:
l'engouement que l'on a pour moi s'explique au
reste beaucoup plus par la faiblesse de ceux
qui m'ont mise en faveur, que par les efforts que j'ai faits pour les séduire et par le
mérite que j'aurais pu employer pour les subjuguer.

— Mais si je me souviens bien de ce que
m'a dit da Roca en me parlant de vous, votre
liaison avec l'ambassadeur vous avait déjà pla-

cée en assez bonne position avant votre arrivée
à Paris?

—Oui, mais ce n'était encore là qu'un avant-
goût de fortune et ce que vous appelez, en
français, une sorte d'entrée en matière; car
c'est ici que la partie la plus importante du roman de ma vie a commencé à prendre une
forme et une couleur tranchées. J'ai quelquefois eu de l'esprit dans les bonnes occasions ;
mais la ville du monde où le peu d'esprit que
l'on peut avoir trouve à s'augmenter le plus
facilement de tout celui qu'on trouve dans les
autres, c'est Paris. Jamais moi, qui ai déjà
bien vu des pays, je ne me suis sentie mieux
faite pour l'intrigue et plus disposée à jouer un
rôle dans les affaires, que dans la capitale de
votre heureuse France. Au Brésil, je n'étais
qu'une femme galante, douée d'assez d'amabilité, mais sans conséquence. A Lisbonne, je ne
passais que pour une intrigante inhabile à tirer
parti des liaisons que devaient me faire contrac-

ter la facilité de mes mœurs et les agréments de
mon caractère. Mais ici, depuis que je me
trouve attachée à l'ambassade de Portugal par
les bontés que je continue à avoir pour l'ambassadeur, je me livre à tous les caprices de
mon goût naturel pour les affaires, avec un
succès qui m'étourdit moi-même, et cela sans
passer pour autre chose que pour une femme
comme il y en a mille à la suite ou à la tête des
personnages qui font les destinées de l'Europe
en se délassant avec des prudes comme moi de
la nullité ou de l'insipidité des premières bé-
gueules titrées de la cour. Croiriez-vous que,
si je l'eusse voulu, je serais devenue tout-à-
fait la femme légitime de mon ambassadeur?

— Eh, pourquoi ne l'avez-vous pas voulu?

— Pour ne pas perdre le principal avantage
de ma position. Une fois la femme de mon né-
gociateur, je n'aurais plus été que sa conseillère
obligée et son appui naturel. Mais en restant
sa maîtresse, j'ai conservé à notre liaison tout

ce qui la rendait piquante aux yeux des gens que j'étais intéressée à attirer vers moi par l'attrait de la nouveauté et par la singularité de mon désintéressement... On a été enfin jusqu'à m'appeler l'Aspasie Celtibérienne et la philosophe Lisbonnaise ; et presque tous les gens dont j'ai besoin sont ou deviennent justement, par bonheur pour moi, tous malades de régénération sociale et de philosophie romaine... Mais vous que j'ai tant de plaisir à revoir bien loin du seigneur da Roca et des dangers qu'à ma recommandation il vous a fait courir à la côte d'Afrique, dites-moi, n'auriez-vous pas à désirer quelque chose que je pusse vous faire obtenir ? La vogue dont je suis encore en possession passe vite ici : on m'en a déjà assez souvent avertie pour que je n'y sois pas prise comme une niaise, et pendant qu'elle dure, il est juste que j'en profite pour mes amis, en commençant bien entendu par les premiers et les plus distingués. »

Encouragé par un accueil si rempli de sans-

façon, et par la confiance que venait de lui
témoigner l'ambassadrice, Chabert raconta
tout ce qui le concernait, à l'exception de son
affaire avec le paquebot anglais de l'Ile-de-
France, et, en insistant surtout sur l'inexplicable
obstination qu'avait mise le ministre secrétaire
d'Etat à lui refuser la très-mince faveur de rentrer dans la marine.

Dona Marina, après avoir écouté attentivement le capitaine avec cet air de pénétration
que l'habitude des affaires contentieuses lui
avait fait contracter depuis son entrée aux relations extérieures du Portugal, adressa, avant
d'aller plus loin, la question suivante à son
protégé :

« Vous avez un autre nom que celui sous
lequel on vous connaissait au Brésil, et si je
mer appelle bien une de vos promesses déjà un
peu ancienne, vous deviez me confier votre
véritable nom de famille au retour de votre
premier voyage ?

— Oui, répondit aussitôt le jeune marin,
et maintenant qu'aucun motif ne peut m'engager à taire le nom que j'ai repris en revenant
en France, je vous dirai que je suis le chevalier de Chabert, et que j'appartiens à une famille dont la réputation ne vous est peut-être
pas inconnue.

— Le chevalier de Chabert! s'écria à ces
mots dona Marina, avec un accent de surprise
qui fit tressaillir le capitaine... Mais savez-vous
bien que vous avez déjà été dénoncé par la
chancellerie anglaise du Brésil à toute la sévérité de l'ambassadeur portugais, et que depuis
quelques jours même on a ordonné les recherches les plus actives pour vous découvrir ou
du moins pour mettre la justice sur les traces
d'un Français qui s'appelle comme vous, M. de
Chabert.

— Et de quoi pourrait-on m'accuser pour
motiver de telles poursuites?

— Je ne saurais me le rappeler en ce mo-

ment, quoique la dépêche qui concerne votre homonyme ou vous ait passé il n'y a que quelques instants sous mes yeux ; car, ignorant votre véritable nom et ne me souvenant que de celui que vous portiez à Rio, je n'ai pu me douter que ce fût de vous que l'on parlât, et je n'ai prêté qu'un médiocre intérêt à cette affaire.....
Cependant il me semble... Oui... maintenant... je crois me souvenir qu'il s'agit aussi dans la dénonciation, d'un certain capitaine Alphonse, soit que l'on ait confondu ce nom avec celui de M. de Chabert, ou que l'on ait supposé que l'un et l'autre de ces noms appartenaient à deux personnes différentes.

— Mais encore, permettez-moi de vous adresser pour la seconde fois cette question : de quel crime si grand a-t-on pu m'accuser?

— Je vous répète que ma mémoire ne me retrace qu'imparfaitement l'objet de cette plainte, qui a dû être adressée à l'ambassade portugaise à Paris, comme relative à un délit

commis par un sujet français dans une des colonies appartenant au Portugal. Mais quelle que
puisse être la gravité du grief, je n'ai pas besoin de vous promettre que s'il vous regarde,
il sera bientôt atténué, lors même que l'ambassadeur aurait, à mon insu, donné déjà suite
à une telle requête dans les bureaux du ministère français. Ainsi, mon cher monsieur, soyez
tranquille de ce côté, et comptez bien que non-
seulement je mettrai tous mes soins à empêcher qu'on ne vous nuise, mais qu'encore
j'employerai tout le crédit dont je puis disposer
pour vous servir en amie, maintenant que vous
m'avez instruite de votre situation et que vous
m'avez fait connaître vos désirs. »

Enchanté de cette première audience, le
chevalier prit congé de l'obligeante dona Marina, en lui promettant de revenir le lendemain
au plus tard, lui présenter ses hommages res-
pectueux, et recueillir de sa bouche les nouvelles qu'elle voudrait bien lui donner sur l'issue

des démarches qu'elle se proposait de faire en sa faveur.

Le lendemain de sa première entrevue avec la plénipotentiaire, Chabert reparut en effet à l'hôtel de l'ambassade, partagé entre la crainte que lui avaient inspirée les demi-révélations de dona Marina, et l'espoir que devaient lui avoir fait concevoir le zèle et l'influence de sa protectrice. La négociatrice, en voyant arriver au rendez-vous son fidèle chevalier, courut à lui le sourire sur les lèvres à la manière des personnes habituées à bien recevoir tout le monde. Le solliciteur, croyant lire sur le front de son bon ange l'indice officiel d'une heureuse nouvelle, s'approcha avec cette confiance que donne la presque certitude d'un succès.

« Eh bien, lui dit la Marina, en lui prenant la main d'un air affectueux, j'ai parlé de vous à tous mes amis, et, contre mon attente, je n'ai rien obtenu.

— Rien, murmura Chabert consterné.

—Oh, mon Dieu, non, rien ou fort peu de chose, reprit Marina en quittant son air enjoué, mais en conservant encore le ton bienveillant avec lequel elle avait reçu son favori. Ecoutez, mon ami, continua-t-elle, j'ai remué pour vous depuis deux jours la terre, la marine et les affaires extérieures. Je puis même dire que j'ai mis à vous servir une persistance dont je serais disposée à me savoir gré à moi-même, sans l'amitié que je vous porte et qui m'ôte jusqu'au mérite de mon dévouement. Mais le croiriez-vous? partout où je me suis présentée en parlant de vous et pour vous, j'ai rencontré une froideur désespérante, et qui m'a d'autant plus surprise et affligée, que je ne l'avais encore éprouvée nulle part, et que j'étais plus disposée à vous obliger. M. le ministre de la marine surtout a répondu à mes avances avec une sévérité.....

— Et qu'a-t-il pu vous répondre de si sévère à mon égard?

—Il m'a dit, entre autres choses, que malgré le vif désir qu'il aurait de m'être agréable,
il croirait manquer à ses devoirs en favorisant
un jeune homme qui, sans les égards qu'on a
eus pour sa famille, aurait été poursuivi avec
la dernière rigueur. Qu'a-t-il voulu me faire
entendre par ces paroles? Pour moi, je pense
que c'est cette malheureuse dénonciation de
Rio qui, mise sous les yeux du gouvernement
par la maladresse de mon ambassadeur, aura
prévenu contre vous les gens dont nous avions
besoin pour arriver à notre but. Mais voilà ce
que c'est que de ne pouvoir pas tout faire soi-
même et surveiller tous les détails de sa beso-
gne! M. l'ambassadeur aura gâté sans le savoir
une affaire qui le regardait trop pour qu'il dût
s'en occuper lui-même.

— Que voulez-vous, madame, ce n'est là
qu'un des effets de la fatalité qui me poursuit
depuis mon arrivée à Paris. Mais soyez bien
persuadée que, malgré le résultat infructueux

de cette dernière tentative , je n'en conserverai pas moins le souvenir de toute votre bonté pour moi.

— Mais attendez, quoique je n'aie pas réussi au gré de mes désirs et des vôtres, je suis parvenue cependant à adoucir un peu les rigueurs de l'interdiction qu'on avait jetée sur vous. Jusqu'ici , la défense de reparaître sur mer à quelque titre et sous quelque prétexte que ce pût être, vous avait été faite.

— Oui, sans doute : c'est une sorte d'ostracisme auquel on m'a condamné en me forçant, pour me punir plus sûrement, à rester au sein de mon pays, comme dans une prison.

— C'est justement de cette captivité d'un marin au milieu de la France et loin de la mer, que j'ai réussi à vous affranchir. Aujourd'hui vous pourrez renaviguer tant qu'il vous plaîra, excepté toutefois sur les bâtiments du roi. C'est là tout ce qu'on m'a accordé pour vous.

— Allons , ce sera toujours autant de gagné

sur l'ennui que j'éprouvais ici à ne rien faire. Je deviendrai marin du commerce sous le nom que mes ancêtres ont illustré dans la marine du roi. Mais si jamais la guerre avec une nation quelconque venait à éclater...

— Ne vous faut-il que cela? soyez heureux, et apprenez qu'avant quelques jours la mésintelligence qui règne depuis long-temps entre la France et l'Angleterre, produira une rupture qu'il était au surplus facile de prévoir. Cette certitude, je l'ai acquise ce matin même en ouvrant les dépêches de Lisbonne.

— Comment, il se pourrait que l'on commençat bientôt à se battre! Oh, dès lors que vous me faites entrevoir la possibilité de courir sur les Anglais, ma position change totalement de face, et la permission de naviguer que l'on ne m'a accordée peut-être que comme une marque de dédain, deviendra pour moi une faveur insigne, grâce à l'événement que vous venez de m'annoncer... D'abord, sans perdre

une minute, je me rends à Bordeaux; rendu
là, je commence par armer un corsaire.

— Vous donnez un nom à ce corsaire.

— Le vôtre par exemple, pour me porter
bonheur.

— Y pensez-vous ! le nom de la favorite de
l'ambassadeur de S. M. très-fidèle, à un corsaire français ?

— Vous aimez les choses piquantes, et ce
sont celles-là seules, avez-vous dit, qui réussissent en France !

—Eh bien, soit; va pour mon nom donné à
votre bâtiment. Ensuite j'engage ou je force
mon ambassadeur à s'intéresser pour une
bonne somme dans les hasards de votre entreprise.

— Y pensez-vous aussi à votre tour ? Un
diplomate portugais devenir l'associé d'un
flibustier français !

— Et pourquoi pas? Croyez-vous donc que
la chose puisse paraître assez nouvelle pour

courir le risque d'être remarquée ou critiquée ?

— Allons, puisque vous le voulez, tout est arrêté entre nous pour ma future expédition, et dès demain, sans plus tarder, je pars pour Bordeaux avec l'argent provenant de mon héritage paternel. Je ne sais pas pourquoi, mais j'ai déjà dans l'idée que mon projet, conçu avec votre aide, réussira sous vos auspices. Il me semble même qu'il a été créé trop promptement et au milieu de circonstances trop singulières, pour ne pas porter avec lui les gages du succès qui favorise si souvent les entreprises originales.

— Vous ne sauriez vous imaginer en ce moment avec quel plaisir je jouis de la satisfaction que vous fait éprouver le peu que j'ai tenté pour vous ?

— Mais, madame, il ne dépend que de vous de faire davantage et de mettre le comble à ma reconnaissance.

— Et comment donc cela, chevalier ?

— En me permettant de vous embrasser comme autrefois en prenant congé de vous.

— Comme autrefois, non, pas tout-à-fait; mais comme une amie sincère et dévouée, ah pour cela tant qu'il vous plaîra. »

Chabert embrassa sa protectrice avec transport et presque avec un peu de respect mêlé à beaucoup de tendresse. Le soir même il lui fit ses adieux, et le lendemain il parcourait au galop la route de Paris à Bordeaux.

VII.

En voyant son capitaine arriver à lui un mois
ou deux après l'époque où il lui avait promis
de venir le rejoindre à Bordeaux, Goulven
éclata en reproches sur la longueur de l'absence du chevalier et sur l'oubli dans lequel il
l'avait laissé pendant son séjour à Paris, lui si
désœuvré et si gauche au milieu d'une grande
ville où il n'avait rencontré jusque là que des

visages étrangers ou suspects. Ce même homme,
qui quelque temps auparavant n'avait pu se séparer de son maître sans se sentir attendri
jusqu'aux larmes, alors qu'il pouvait craindre
de le perdre pour toujours, ne sut plus l'accueillir qu'avec rudesse, du moment où il put
espérer de ne plus le voir s'éloigner de lui.
Mais le chevalier connaissait heureusement trop
bien l'attachement que lui cachait la boudeuse
brusquerie de son compagnon, pour lui savoir
mauvais gré d'une réception qui lui révélait le
motif, fort excusable du reste, de la mauvaise
humeur de Goulven.

« Voyez, quelle bêtise vous risquiez de
me faire faire? dit le matelot au chevalier, en
refusant presque de serrer la main que celui-ci
lui tendait avec affection. Plus de cent fois j'ai
été sur le point de mettre le cap sur Paris,
pour aller vous relancer dans la turne d'où je
croyais que vous ne pourriez jamais vous dé-
marrer !

— La belle équipée que tu eusses faite là! répondit Chabert. Arrêté sans papiers sur la route, et reconduit de brigade en brigade jusqu'à Bordeaux, tu n'aurais plus eu d'autre moyen de te tirer d'affaire, que de te faire réclamer de moi; et dans quel embarras, je te le demande, ne me serais-je pas trouvé moi-même?

— Eh, ma foi, dans l'embarras où vous vous seriez enfoncé par votre faute! Quand on a l'esprit à soi, on raisonne avant de manœuvrer; mais quand la tête vous tourne, on va de l'avant, et on ne raisonne que quand la sottise est déjà faite et conclue.

— Voyons, l'argent t'a-t-il manqué pendant mon absence?

— Non, ce n'est pas l'argent; mais vous. Avec ce que vous m'aviez laissé dans la poche en partant, j'ai fait tête à la lame en ne filant mes pièces de vingt-quatre sous qu'à retour et à la demande de mon strict nécessaire. Ce n'est pas d'ailleurs là ce qui m'embarrassait, parce qu'avec le peu de matelotage que j'ai appris à bord, un matelot trouve toujours à gagner sa vie dans le gréement des navires en armement partout où il y a une enfléchure à repasser ou un amarrage à repincer. Mais ce qui me faisait m'envoyer moi-même aux cinq cents diables une fois au moins par jour, c'était de ne pas recevoir de vos nouvelles, quand justement, avant de vous voir appareiller d'ici, je vous avais dit et répété l'adresse de l'hôtesse chez laquelle vous pourriez m'écrire. Un voyage de près de quatre mois, sans avoir l'attention de me faire savoir si vous étiez mort ou vivant!

— Et tu ne sais pas, pendant ce voyage qui t'a paru si long, ce que j'ai réussi à faire pour nous?

— Ah! mon Dieu, peu m'importe à présent que je sais le cas que vous faites d'un pauvre bigre comme moi!

— Et si je te disais qu'avec une partie de

l'argent que j'ai pu recueillir de la succession
de mon père, je viens ici pour armer un navire
en course, et donner un des premiers une
bonne chasse aux Anglais!

— Allons donc, comme si je ne savais pas
que pour armer des navires en course avec la
permission du roi, il faut d'abord être en guerre
avec quelqu'un sur mer!

— Et si je t'apprenais qu'avant quinze jours
la guerre sera déclarée entre la France et l'Angleterre? »

A ces mots, l'incrédulité et la mauvaise humeur de Goulven s'évanouirent pour faire
place à un sentiment de surprise et d'espoir que
l'expression du mécontentement qu'il s'efforçait de donner encore à sa figure, ne sut plus
dissimuler. « Comment, la guerre et un corsaire
à vous! s'écria le jeune loup marin. Mais qui
donc vous a dit cette bonne nouvelle-là?

— Des personnes bien informées et qui me
veulent du bien. Ce que je viens de te confier

est même une chose tellement certaine, qu'il
ne me manque plus qu'un bâtiment à acheter
pour que nous commencions à mettre à exécution le projet qui se réalisera bientôt plus complétement au large, pour peu que le ciel seconde mon impatience.

— Un bâtiment! Il y en a une douzaine ici
qui pourront faire votre affaire, et je vous en
parle comme quelqu'un de sûr de ce qu'il dit,
car depuis votre départ, il ne n'est pas passé un
jour sans que je n'aie fait mon inspection et
ma ronde à bord ou le long de tous les navires
de la rivière et du port. »

Un trois-mâts léger, d'une bonne réputation de
marche, car les navires ont une réputation comme les hommes, et moins trompeuse même que
celle des hommes, est acheté au poids de l'or par
le chevalier, qui cache à son vendeur les motifs
de l'acquisition qu'il vient de faire. Le bâtiment
qu'il arme avec une activité dévorante sous les
yeux de son ancien propriétaire, reçoit le nom

de *la Marina*, sans que les curieux qui voient
se préparer cette prompte et mystérieuse expédition puissent trouver le mot de l'énigme
que semble cacher ce nom inconnu. Quelques
canons sont jetés sur le pont de *la Marina*, et
une centaine de matelots, recrutés par Goulven dans les cabarets du port, suivent les canons et s'embarquent avec eux sur le trois-mâts
guerrier dont Chabert est devenu le capitaine.
« Où veut donc aller ce jeune et noble écervelé,
avec tout cet attirail de campagne ? » se deman-
daient les paisibles armateurs de Bordeaux, jaloux et envieux par avance d'une spéculation
dont ils ne devinent pas le but, et dont ils ridi-
culisent déjà la folie. » A la traite ? mais pourquoi alors ce luxe d'artillerie et cet inutile sur-
croît d'équipage ? Faire la course ? Mais à quelle
nation déclarera-t-il donc la guerre, pour avoir
à sa commodité des ennemis à combattre et des
prises à capturer ? Et comment le gouvernement du Roi pourrait-il tolérer dans notre port

l'armement d'un navire de cette sorte , si la
spéculation à laquelle il est destiné était autre
chose qu'un ruineux enfantillage? Au surplus,
ajoutaient les faiseurs de conjectures, le chef
de cette inconcevable expédition a fort bien
fait en cherchant ailleurs que chez nous l'argent ou les intéressés qu'il lui fallait pour exécuter son entreprise; car ici ce jeune et aven-
tureux personnage aurait couru grand risque
de perdre sa peine et son temps auprès de nos
commerçants, qu'il eût trouvés tout disposés à
ne pas se laisser prendre à ses belles paroles
et à sa bonne mine. »

Pendant que la destination problématique du
trois-mâts *la Marina* exerçait ainsi la malignité et la sagacité des Crésus maritimes de la
Gironde, un événement inattendu vint con-
sterner et révolter toute la France. On apprit
qu'au mépris des traités les plus sacrés, une
division anglaise avait eu l'indignité d'attaquer
la frégate *la Belle-Poule,* sur les côtes de

Bretagne. Cette perfide agression, à laquelle le commandant La Clocheterie, capitaine de cette héroïque frégate, avait répondu par une admirable défense, devint le signal d'une lutte acharnée entre nos escadres et celles de nos plus implacables adversaires; et lorsque le commencement des hostilités fut proclamé aux cris de vengeance de tout le royaume, le trois-mâts *la Marina* se trouva armé et devint le premier corsaire prêt à mettre en mer et à prendre une glorieuse initiative contre l'ennemi.

Ce fut alors que, changeant d'opinion avec l'événement qui venait de troubler et d'exalter toutes les têtes, le commerce bordelais vit dans le capitaine de *la Marina*, non plus un fou jetant son or au vent des hasards, mais bien un homme à qui le secret de l'État avait été confié, ou qui du moins avait eu la pénétration de prévoir avant tous les autres ce que des conjonctures, ignorées du vulgaire, avaient rendu inévitable entre les deux nations.

Mais au moment où, rempli d'espérance et animé d'un juste orgueil, le capitaine Chabert allait mettre sous voiles pour présenter son pavillon encore tout neuf au double baptême de la tempête de l'Océan et de la mitraille anglaise, une dépêche du secrétaire d'État de la marine fut remise, par l'administration de Bordeaux, au commandant de *la Marina.* Cette missive pressée contenait les mots suivants :

« Monsieur le chevalier,

» En consentant à vous autoriser à naviguer » sur des bâtiments français, je m'étais ravi, je » le sais, le droit de vous empêcher d'armer en » course, au moment où la guerre venait d'é- » clater. Mais si des conseils qui me sont dictés » par l'intérêt que m'a toujours inspiré votre » famille, peuvent me tenir lieu près de vous de » l'autorité dont je me suis privé, vous renon- » cerez dès à présent à une carrière qui ne peut

» convenir au nom que vous portez. Le cheva-
» lier de Chabert, *quels que soient les torts*
» *qu'il puisse avoir eus précédemment*, ne doit
» pas oublier que sa place ne fut jamais mar-
» quée à bord d'un corsaire. Je ne conçois même
» pas de nécessité qui pût faire tolérer un tel ou-
» bli de la part d'un homme bien né. Ainsi donc,
» monsieur le chevalier, je ne vous enjoindrai
» pas, mais je vous engagerai, au reçu de la
» présente, à abandonner à un officier de votre
» choix le commandement de votre corsaire,
» pour peu que vous teniez encore à redevenir
» digne de rentrer un jour dans le corps hono-
» rable auquel vous avez appartenu, et qui
» pourra rouvrir ses rangs à la soumission que
» l'on doit attendre de votre respect pour la
» mémoire de vos ancêtres.

» J'ai l'honneur d'être parfaitement,

» Le ministre secrétaire d'État des finances,
» ayant le département de la marine,

» DE TURGOT. »

Paris, ce 27 juillet 1778.

A cette lettre comminatoire qui venait d'être remise à son adresse, à l'instant même où le corsaire *la Marina* passait sur la rade de Pauliac, pour s'élancer au large, le chevalier répondit par ces seuls mots :

« Monseigneur,

» Le chevalier de Chabert, qui, malgré l'ancienneté de son nom, n'a pu obtenir la faveur de se faire réintégrer dans le service des vaisseaux du roi, s'est cru assez suffisamme nt déchu de la noblesse de sa race, pour pouvoir se permettre de s'enrôler à bord d'un bâtiment particulier armé en course ; et en se rappelant qu'autrefois la marine royage fut trop heureuse d'emprunter à la navigation du commerce, des officiers de corsaire comme Duquesne, Duguay-Trouin et Jean-Bart, il a pensé qu'il était temps que quelques officiers des vaisseaux du roi songeassent à rendre au

» commerce un peu de ce que celui-ci avait
» prêté de si bonne grâce, sous Louis XIV, aux
» escadres de France.

» Veuillez bien , monseigneur, recevoir avec
» indulgence l'expression des sentiments de re-
» connaissance et de respect,

» Avec lesquels le soussigné a l'honneur
» d'être profondément, de votre excel-
» lence , le très-humble et très-obéis-
» sant serviteur ,

» Le chevalier de CHABERT ,
» commandant le trois-mâts corsaire *la Marina*. »

Devant Pauliac, ce 28 juillet 1778.

Lorsque cette réponse laconique parvint à
M. de Turgot, le corsaire bordelais se trouvait
déjà sur les côtes d'Irlande, courant entre le
cap Clear et l'ouverture de la Manche pour arrêter au passage les navires anglais qui venaient
sans défiance chercher les attérages des ports
qu'ils avaient quittés quelques mois auparavant

en pleine paix et avec la plus entière sécurité. Les croiseurs britanniques, envoyés dans ces parages pour prévenir à temps leurs bâtiments de commerce, des hostilités que l'Angleterre avait elle-même entamées long-t emps avant la déclaration de guerre, virent au milieu d'eux le trois-mâts français, sans se douter qu'un corsaire ennemi pût avoir déjà pris la mer pour tenter de capturer des navires de leur nation. Cette erreur des croiseurs anglais fit la sécurité de *la Marina* et la fortune de sa première campagne. Pendant la nuit, affranchie de la surveillance des bâtiments de guerre qu'elle avait à tromper, elle abordait mystérieusement les grosses prises qu'il lui importait surtout d'amariner; et quand le capitaine Chabert eut récolté sur les flots une assez riche moisson, il rentra paisiblement à Bordeaux, avec le butin ramassé en quelques semaines de maraudage maritime. Le retour de la victorieuse *Marina* dans les eaux de la Gironde produisit sur l'esprit des spéculateurs du pays une assez vive sensation. On s'étonna, en revoyant le capitaine Chabert, de l'intelligence et de l'audace qu'un si jeune officier était parvenu à faire admirer dans une si courte croisière. Le ministre Turgot, informé des succès que le chevalier avait osé chercher et obtenir sur mer, en dépit de ses sages et sévères remontrances, pardonna au corsaire gentilhomme, et la réponse qu'il n'avait pas craint de lui faire, et la renommée qu'il venait d'acquérir dans une croisière hasardeuse et productive, mais assez peu digne de son rang. M. de Turgot, au reste, était un ministre assez ami du peuple, dans un temps encore trop entiché de préjugés nobiliaires, pour long-temps garder rancune aux rejetons des grandes familles, qui s'efforçaient de rivaliser, dans les professions périlleuses et utiles, avec l'élite de la roture. L'indulgence du ministre de la marine ne se borna pas seulement à oublier les torts du chevalier de Chabert; elle alla même jusqu'à encourager son

heureux coup d'essai dans les voies de la fortune que sa témérité avait ouvertes à son mérite

« Sa Majesté, instruite de ce que vous ave z
» fait contre l'ennemi dans votre première cam-
» pagne, écrivait M. de Turgot au capitaine de
» *la Marina*, a daigné me charger de vous en
» féliciter dans les termes les plus flatteurs pour
» un fidèle sujet comme vous; et pour vous
» prouver le prix qu'elle attache à vos talents,
» S. M. a bien voulu aussi m'ordonner de vous
» prévenir que dans le cas où votre intention
» serait de pousser votre seconde croisière jus-
» que dans les mers de l'Inde, l'Etat renonce-
» rait en votre faveur au droit qu'il perçoit sur
» toutes les captures faites par les bâtiments de
» course, et ramenées à bon port dans les rades,
» hâvres et rivières du royaume.

» Le roi, en outre, m'a chargé de vous infor-
» mer, monsieur le capitaine, qu'il vous laissait
» libre de rentrer avec le grade de lieutenant de
» ses vaisseaux dans le corps dont vous avez pré-

»cédemment fait partie en qualité de garde du
»pavillon.

» Recevez, avec l'expression des sentiments
»particuliers que j'ai pour vous, l'assurance
»de la considération avec laquelle je suis

» Votre très-humble serviteur,

» DE TURGOT. »

« J'accepte, répondit aussitôt le chevalier à
»son nouveau protecteur, j'accepte la réduction
»du droit de prise qu'a bien voulu m'accorder
»S. M., et je pars immédiatement pour l'Inde,
»en regrettant de ne pouvoir quitter le poste où
»j'ai commencé à me distinguer comme simple
»capitaine de corsaire, pour le grade plus ho-
»norable où les bontés de S. M. ne pourraient
»m'empêcher d'être confondu dans la foule des
»lieutenants des vaisseaux du roi.

» Recevez, monseigneur, l'assurance
» des sentiments, etc.

» CHABERT,
» Commandant le corsaire *la Marina.*»

M. de Suffren, à cette époque, avait déjà
fait voile pour aller reconquérir dans l'Océan
Indien celles de nos colonies dont les Anglais
s'étaient emparés, selon leur habitude, avant
toute espèce de déclaration d'hostilités. A l'apparition du héros sur les côtes de Madras et de
Pondichéry, cette fortune de mer, qui fut si
souvent infidèle à la France dans la plupart de
ses expéditions lointaines, changea de face; et
pendant quelques années on ne connut presque
plus dans cette autre partie du monde, que le
pavillon de Louis XVI et le guidon du bailli de
Suffren. Au moment où le capitaine Chabert
arriva avec son corsaire pour glaner sur les
mers qu'avaient sillonnées et fauchées nos escadres, les bâtiments du commerce anglais
étaient devenus si rares dans ces vastes parages,
que le jeune protégé du ministre Turgot ne
put trouver que fort difficilement à mettre à
profit la concession que l'Etat lui avait faite en
l'exemptant du payement des droits à prélever

sur ses prises futures. Mais cependant, malgré
le préjudice que les succès du bailli avaient
fini par causer à l'industrie que Chabert était
venu chercher si loin de son pays, notre habile
corsaire parvint, à force d'activité et d'adresse,
à vaincre tellement les difficultés de sa position,
qu'on le vit rendre encore fertile pour son
équipage et pour lui, le champ moissonné qu'il
ne se lassait pas de labourer avec la proue de
son infatigable trois-mâts. Quatre longues années dura la course de *la Marina* sous les brûlantes latitudes de l'Océan Indien, course fé-
conde en dangers et en fatigues, bien plus
qu'en richesses et en émotions de gloire. Mais
enfin, lorsqu'en 1783, la paix que l'Angleterre
se vit réduite à désirer, se trouva signée à Versailles, le capitaine Chabert avait déjà remis
son corsaire en sûreté dans le port de Bordeaux,
après avoir vécu, pendant sa longue absence,
des dépouilles arrachées à l'ennemi, et, chose
plus honorable encore pour lui, après avoir

fait rentrer ses associés dans toutes les dépenses de l'armement et de l'entretien de son hasardeux navire.

Cette douce paix, que depuis quatre mille ans, les poètes ne se lassent pas de couronner de fleurs et d'épis, et dont les faiseurs d'églogues nous vantent éternellement les charmes, est peut-être, parmi toutes les divinités allégoriques de l'Olympe, la plus implacable aux marins. Avec elle, plus de fortune soudaine à espérer pour eux; plus surtout de gloire à conquérir sur les flots, restitués à la paisible activité du sordide commerce. C'est à peine si, en vous ravissant tout ce qui faisait de votre métier une noble et périlleuse carrière, la paix vous laisse quelques tempêtes à essuyer, quelques émotions à recueillir sur la route monotone que vous avez à parcourir, pour féconder de vos sueurs la vénale spéculation dont vous n'êtes que l'instrument ou le complice. Avec la guerre et l'éclat que le feu du canon jetait sur votre destinée, vous étiez le soldat altier de l'Océan : avec la paix, vous n'êtes plus que le laboureur des mers, attaché servilement à la charrue nautique qui vous fait gagner au bout de chaque journée d'ennui et de fatigue, le pain nécessaire à votre existence ! Aussi, voyez quelle est l'attitude leste et fière du marin en temps de guerre, et l'allure pesante et humiliée du marin abatardi par la paix ! Est-il une profession où le même homme, vu à deux époques diverses de sa vie, puisse devenir aussi différent de lui-même sans changer de profession ? Les vieux bâtiments de l'État, condamnés dans nos ports à la plus honteuse servitude ou à la plus méprisable inaction, après avoir brillé autrefois dans les combats mémorables, offrent-ils un spectacle plus triste dans leur décrépitude, que le vaillant et jeune gabier d'une noble frégate, réduit à devenir, au midi de ses ans, le matelot d'une lourde et pacifique barque marchande ?

VIII.

Livré pour la seconde fois de sa vie à un dés-
œuvrement que l'activité de ses idées devait
bientôt lui rendre insupportable, Chabert,
après avoir laissé dans le port, comme un vieux
coursier à l'écurie, le navire qu'il avait fatigué sous lui dans ses courses lointaines, songea à puiser dans les folles dépenses d'un luxe
passager, les distractions qu'une grande ville

14

offre toujours à l'oisiveté des gens aisés. Pendant quinze jours, le capitaine, cherchant à
s'improviser comme le font tous les marins,
des plaisirs, des amis et des maîtresses, eut
une maison, fit grande chère, et se donna une
société de jeunes parasites disposés à lui faire
honneur de l'éclat qu'il prétendait jeter sur sa
prodigalité. Mais, au bout de ce temps de dissipation ou plutôt d'épreuve, pendant lequel
l'obligation de faire figure n'était pour lui qu'un
ennui de plus, il se sentit le besoin de s'isoler
d'un monde pour lequel il n'était pas fait, et
d'aller chercher encore au loin, un aliment à
l'inquiétude dévorante de son esprit et de son
caractère.

Un matin, il appela près de lui Goulven, ce
modeste et entêté Bas-Breton, qui, toujours
inébranlable dans ses principes d'austérité cel-
tique, avait persisté à conserver son simple titre
de matelot, en refusant l'avancement que lui
avait cent fois proposé son guide et son patron.

« Goulven, demanda le capitaine au rude conseiller qu'il avait négligé depuis quelques semaines, que penses-tu que nous puissions entreprendre pour faire quelque chose de bon ou de passable?

— Le contraire de ce que vous faites ici depuis le désarmement de notre pauvre barque! répondit Goulven, avec sa naïve et brusque sincérité.

— Tu me trouves donc bien coupable d'avoir cherché à dépenser le plus agréablement possible, le peu d'argent que nous avons si durement gagné là-bas?

— Bien coupable, non; mais passablement risible, oui. Les femmes, excepté celle qui a donné son nom à votre ancien corsaire, vous ont cependant assez porté malheur, pour vous guérir de l'envie de remordre à l'hameçon. Mais comme on dit, c'est toujours où le mal vous cuit qu'on se gratte, et le temps vous mettra à la côte par votre trop d'amour-propre,

avant que la mer ne puisse vous remettre à flot
en vous donnant assez de raison pour vous apprendre à gouverner droit.

— Et que veux-tu que nous fassions, maintenant que la guerre est finie?

— Du commerce honnête, puisqu'il n'y a
plus moyen d'en faire autrement. Vous seriez
bien malade, n'est-ce pas, quand aujourd'hui
que la paix est venue pour vous comme pour
tout le monde, il vous faudrait naviguer en
robe de chambre et en pantoufles vertes, à
bord d'un bon navire marchand, et de gagner
votre pesant d'or à la mer, après vous'être tué
comme moi le corps et l'âme à donner presque gratis *pro deo* la chasse aux Anglais sur les
côtes de Coromandel et de ce chien de Madagascar, que le diable confonde !

— Et quel commerce honnête veux-tu donc
encore que j'entreprenne ?

— Le premier commerce venu sera toujours
assez bon pour vous tirer du *cotillonnage* de ces

dames, et des jeux de passe-passe, où vous vous êtes *envergué* avec une escouade de soi-disant messieurs qui vous soutirent votre argent en se moquant de vous... Le négoce à la douce avec l'Ile-de-France et Bourbon : voilà des pays au moins; ça dit quelque chose à des marins. Mais pour votre scélérat de Bordeaux!...

— Et où trouverons-nous à acheter un navire convenable pour mettre à exécution ce projet, qui, je le sais bien, en vaut un autre, mais pour lequel encore il est nécessaire d'établir ses calculs. Tu le sais assez toi-même, les navires parmi lesquels nous pourrions faire un choix, sont ici d'une rareté et d'une cherté extrêmes.

— A Marseille, il y en a des navires à bon marché et à souhait; et il faut que les amusements de société vous aient joliment fait oublier les choses qui vous occupaient l'esprit autrefois, pour qu'aujourd'hui je me voie obligé de vous apprendre ce que vous devriez savoir cent fois mieux que moi.

— Allons, ne vous fâchez pas, mon maître, reprit le capitaine, après un moment de réflexion. Demain, puisque vous l'ordonnez ou que vous paraissez le désirer, nous gouvernerons le cap en route sur Marseille, dans la diligence.

— Oui, et le loyer de la grande cassine que vous vous êtes mis sur le dos, avec le gréement neuf de la maison par-dessus le marché ; qu'en ferez-vous ?

— Je laisserai l'ameublement pour payer la fin du terme de l'appartement que j'ai loué.

— Belle manière de régler les mauvais comptes... Ah ça, est-ce qu'il n'est pas permis, d'après la loi, d'insinuer le feu à une turne quelconque, quand il est prouvé que les meubles sont à soi, et que le propriétaire vous a volé comme dans un bois sur le bail de sa grande case à nègres ?

— Non, les lois n'ont pas encore prévu ce cas-là.

— Alors, les lois ne sont autre chose que des bêtises sur papier timbré. Mais puisque vous êtes enfin *revenu du lof,* et que je vous vois disposé à border votre artimon pour revenir au vent, je vous pardonne vos folies passées... Ne trouvez pas étonnant si je vas de ce pas retenir deux places pour demain à la messagerie de Marseille, en votre honneur et gloire, et au mien par la même occasion.

— Oui, va, je t'y autorise; et voici l'argent nécessaire pour payer les arrhes.

— Plaisantez-vous? Quand je vous dis que c'est moi qui régale demain! Est-ce que vous auriez oublié aussi que j'ai encore gardé *intactibus,* au fond de mon sac, les quinze cents livres dix-neuf sous et huit deniers, que j'ai touchés pour mon décompte et mes parts de prises à bord de cette pauvre *la Marina!* »

En descendant à l'*hôtel de Villars,* à leur arrivée à Marseille, encore tout froissés des cahots de la voiture qui les avait ballottés de

Bordeaux vers la capitale de la Provence, le
premier soin de nos deux illustres voyageurs
fut d'explorer minutieusement le port de la
ville qu'ils venaient visiter. Dans la double ou
triple haie de bâtiments désarmés que la
guerre avait condamnés à rester cinq ans oisifs,
le long des quais de la grande cité maritime,
leurs yeux cherchèrent à découvrir l'heureux
bâtiment qui pourrait convenir à l'expédition
nouvelle que le capitaine se proposait de monter. Pour tout autre que deux marins déjà expérimentés, cet amas confus de mâts, de coques
et de gréements divers, n'aurait offert que le
dédale le plus inextricable. Mais pour Chabert
et son compagnon, rien ne fut plus facile que
de démêler en une heure d'inspection, tout ce
chaos, et d'assigner à chaque objet son rang,
ses qualités apparentes et sa valeur approxima-
tive. Goulven surtout, dans cette sorte de sta-
tistique inventoriale et d'appréciation pratique,
se montrait d'une érudition désespérante. Tan-

tôt, en voyant un grand trois-mâts que le capitaine avait regardé avec complaisance, il poursuivait dédaigneusement sa ronde sans motiver
son opinion autrement que par cette seule
exclamation : « Barcasse, ça ! je n'en donnerais
pas quatre sous. » Tantôt, le brick que Chabert
n'avait pas paru remarquer, obtenait l'avantage de fixer un instant son attention, et il dai-
gnait alors dire à son capitaine : « Tenez, voilà
quelque chose qui pourrait vous chausser :
c'est fin, et ce n'est pas trop mal *bauqué*. » Puis,
sans attendre la réponse qu'il venait de provo-
quer, il courait plus loin se livrer à un nouvel
examen, en contemplant un autre navire, et
exercer, à mesure que l'occasion se présentait,
la sagacité ou la délicatesse de sa savante critique.

Déjà cinquante ou soixante bâtiments avaient
ainsi passé sous l'œil scrutateur de notre Aris-
tarque nautique, sans avoir excité en lui d'autre sentiment que celui d'une indifférence assez

prononcée, lorsqu'en portant ses regards, devenus un peu distraits, sur un trois-mâts placé
à quelque distance du quai, il s'arrêta tout
court. Le capitaine, dans le même moment,
soit qu'il eût suivi par un instinct machinal le
mouvement de son matelot qui marchait devant
lui, ou soit que l'objet qui venait de frapper
l'attention de Goulven eût stimulé simultané-
ment la sienne, s'arrêta aussi :

« Capitaine, dit aussitôt Goulven, tout ému,
en montrant de la main le bâtiment amarré au
large. Voyez-vous ce navire?

— Pardieu, si je le vois, répliqua vivement
Chabert. Je fais même plus, car je crois le reconnaître.

— C'est notre négrier de Rio ! Voyez-vous encore les trous des boulets que les coquins d'Anglais lui ont envoyés sous Madagascar, et que
moi-même j'ai fait boucher par le charpentier,
à sa hanche de tribord. Tenez, c'est le même
tampon qui y est encore, preuve que le bois

était bon... Regardez, c'est toujours la même jumelle qu'ils lui ont laissée à son grand mât... Mais comme ils l'ont arrangé depuis que nous l'avons quitté au Brésil : plus de sabords percés dans ses pavois, et un roufle à présent sur son pont. Mais il a toujours sa jolie petite figure devant... Et savoir quel nom ils lui auront donné, à ce pauvre bigre, qui sera tombé à coup sûr de la griffe de ce voleur de M. da Roca, dans les pattes de quelque vilain *pocrain* d'armateur riz-pain-sel..... Est-il possible! et devrait-il être permis de laisser vieillir comme ça un aussi joli fond de navire! Les canailles! ils ne savaient pas ce qu'ils avaient dans les mains! »

Chabert, après avoir laissé son sensible ami exprimer à la fois sa tendresse pour son ancien navire, et toute sa colère contre l'indigne négligence de ses propriétaires actuels, dit à Goulven : « Il doit être à vendre: il n'est pas jeune ; mais nous le connaissons : il est solide et fin voilier, et s'il y a moyen, nous l'aurons.

— Oui, que nous l'aurons, quand même il n'y aurait pas moyen, reprit Goulven enchanté. Et, voyez-vous, capitaine, quand il faudrait donner en plus de ce que vous avez, les quinze cents livres que j'ai reçues pour mon décompte, pour ravoir notre malheureux trois-mâts, je ne reculerai ni d'un pouce ni d'un denier. C'est lorsque les vieux amis se retrouvent, comme on dit, qu'ils ne doivent plus se quitter.

— Dieu merci, je crois, mon ami, qu'il ne me sera pas nécessaire de fouiller au fond de ton sac pour payer le prix de notre ancienne monture. J'ai, grâce au ciel, le gousset encore assez bien garni; et, dans l'état où se trouve le *bateau*, sa carcasse ne devra pas nous coûter, avec les réparations qu'il faudra y faire, plus que la somme dont je puis disposer pour le rattraper. Allons d'abord nous informer à qui il peut appartenir. »

Le propriétaire du *vieil ami* que venait de

retrouver si miraculeusement Goulven, était
un avare Génois, établi depuis long-temps à
Marseille, où il s'était acquis la réputation du
plus rusé et du moins scrupuleux de tous les
nobles négociants de l'Adriatique.

Ce juif chrétien, en voyant venir à lui les
deux marins Ponantais, se tint d'abord sur ses
gardes, ainsi que doit le faire tout bon com-
merçant abordé par des inconnus, c'est-à-dire
en se ramassant dans sa peau et en se laissant
à moitié fermer l'œil, comme un chat qui se
voit approcher par une imprudente souris. Les
Ponantins parlèrent au citoyen de la république
déchue, de son navire désarmé, mais avec cette
indifférence que l'on affecte dans le commerce
pour le marché que l'on brûle de conclure. Le
Génois, devinant l'envie que s'efforçaient de lui
cacher ses chalands, dissimula toute la joie
que lui causait déjà l'espoir de pouvoir entrer
en pourparler sur le compte de sa barque avec
des étrangers susceptibles d'être pillés.

« Votre trois-mâts n'est pas fait d'hier, dit d'abord le capitaine acheteur au propriétaire vendeur.

— Non, reprit celui-ci ; mais il est construit en cèdre du Brésil, en *bois incorruptible*, et l'âge fait peu de chose aux objets qui ne peuvent jamais éprouver de détérioration sensible. Il aurait cent ans qu'il serait encore neuf, avec ses jolies façons qui resteront toujours un modèle de construction moderne.

— Oui, mais les réparations qu'il lui faudra pour être remis en mer avec son gréément nouveau, son rechange complet, et peut-être une carène fraîche ?

— Une carène fraîche ? Mais la dernière qu'il a reçue ne date que de deux ans, et peut courir encore quatre ou cinq bonnes années. Le chanvre et la mâture sont d'ailleurs à si vil prix à Marseille, que ce ne sont pas quelques brasses de filasse et quelques bouts de mât qui peuvent augmenter de beaucoup la mise dehors de mon *Anémone*.

— Ah! c'est l'*Anémone* que s'appelle mainte-nant le *bateau ?* Ce doit être au moins le dou-zième ou le quinzième nom qu'il a reçu depuis son premier baptême.

— Possible ; le nom ne fait rien à la chose. Mais ce qu'on peut assurer, c'est que sous tous les noms qu'il a portés, ce diable de navire a toujours joui d'un bonheur insolent à la mer. »

À ces mots, Goulven, qui n'avait pas un seul instant perdu de vue les grimaces de l'arma-teur, lança un coup d'œil de feu à son capitaine, qui renvoya un autre coup d'œil à son compa-gnon pour l'engager à tempérer l'ardeur muette de son imprudente pantomime.

L'armateur, sans paraître avoir remarqué les signes d'intelligence échangés entre ses deux visiteurs, reprit ainsi le fil de sa période com-merciale.

« Et sans être plus superstitieux qu'un

autre, on peut croire jusqu'à un certain point
que les bâtiments ont, comme les hommes, une
destinée heureuse ou fatale. Pour moi, je sais
bien que si le ciel avait voulu que je fusse marin, jamais on ne m'aurait fait naviguer sur un
navire frappé au coin d'une malheureuse pré-
destination.

— Mais votre trois-mâts, construit en *bois
incorruptible*, est étranger.

— Oui, mais je l'ai fait franciser par faveur,
moyennant une forte somme payée en sous-
main à un honnête intendant de l'amirauté que
nous avons eu la douleur de perdre l'an dernier.

— Et combien vendriez-vous la barque,
dans le pitoyable état où elle se trouve?

— La moitié de ce qu'elle vaut pour de
véritables connaisseurs; cinquante mille livres
tournois comptant et sans escompte.

— Pour des connaisseurs, c'est justement
le double de ce qu'elle vaut. Je vous en donne

vingt-cinq mille livres comptant et avec l'escompte d'usage.

— Il faudrait, pour la lâcher à ce prix,
que je fusse diablement plus pressé que je ne le
suis de m'en défaire.

— Et moi pareillement, plus tenté que je ne
le suis en ce moment de me la mettre sur le
dos, pour vous filer en grand la somme que
vous en demandez.

— On vous en donnera trente mille livres
de votre carcasse, dit Goulven, qui n'avait pas
encore pris la parole dans ce grave débat. Et
vous irez faire dire une messe pour nous par-
dessus le marché, quand le bout de papier ba-
billard aura été signé.

—Jamais je ne fais dire de messes pour les
affaires de commerce, mon cher ami; c'est
bien assez pour moi et pour mes confrères d'aller
à confesse une fois l'an défiler notre long cha-
pelet au tribunal de la pénitence. Vous mettrez
trente-cinq mille livres, et il ne sera plus ques-

tion entre nous du cadeau que vous voulez me forcer à vous faire. »

Le marché, ainsi entamé et débattu, finit par se conclure au prix de trente-sept mille cinq cents livres entre le Génois et le capitaine Chabert, l'un croyant avoir abusé de l'inexpérience de son acheteur, l'autre s'imaginant avoir profité de l'ignorance de son sordide vendeur. Dès le soir même de la vente de *l'Anémone*, Goulven, qui voulait avant tout mettre les instants de jouissance à profit, reprit possession de son ancien navire, en élisant domicile à bord et en abandonnant le bon lit qu'on lui avait préparé à l'hôtel *de Villars*, pour aller se carrer tout à son aise dans le hamac qu'il venait d'amarrer au beau milieu de l'entrepont, depuis si long-temps désert, de *l'Anémone*. Les trente-sept mille cinq cents livres ayant été comptées le lendemain, sans que Goulven eût besoin de secouer le fond de son sac sur le tapis, le réarmement et les petites réparations

du bâtiment commencèrent avec une telle activité, qu'en peu de jours on vit briller sur tous
les murs de la bourse de Marseille, une large
affiche portant en lettres majuscules cette
phrase, dont la contexture est depuis long-temps
devenue si chère à l'éloquence cicéronienne
de nos ports de mer : « En charge pour l'Ile-
» de-France, touchant à Bourbon : le beau et
» solide trois-mâts *l'Anémone,* jaugeant 284 ton-
» neaux $\frac{77}{94}$, doublé, cloué et chevillé en cuivre,
» partira incessamment pour cette destination,
» sous le commandement du capitaine de Cha-
» bert.

» Il prendra du frêt et des passagers, qui se-
» ront commodément logés et parfaitement trai-
» tés à bord.

» S'adresser au capitaine, à son bord, ou à
» l'hôtel de Villars, à l'entresol, chambre n° 2. »

Grâce à la multiplicité des affiches, car
l'annonce imprimée commençait alors à avoir
déjà son influence et son culte, et grâce surtout

à la célérité apportée aux préparatifs de départ
de *l'Anémone*, le capitaine vit arriver à son
bord une grande quantité de marchandises
destinées pour les pays qu'il devait visiter.
Mais les passagers, moins nombreux apparem-
ment que le frêt n'était abondant, ne se présentaient pas encore; et le capitaine s'était, depuis
quelques jours, résigné à faire voile sans autres
compagnons de voyage que ses officiers et ses
matelots, lorsqu'il apprit qu'un M. de Leuvry,
nommé récemment ordonnateur de l'Ile-de-
France, se proposait de se rendre sur *l'Anémone,* au poste qui venait de lui être accordé
dans les colonies. La famille de M. de Leuvry
se composait d'une jeune femme et d'un enfant.
Un prêtre, l'abbé Salvador, espèce de missionnaire, désireux d'aller semer et féconder la parole de l'Évangile dans l'Inde, se présenta la
veille même du départ pour prendre aussi passage sur le navire; et, malgré la matelotesque
antipathie de Goulven pour les gens d'église à

bord d'un bâtiment de commerce, l'abbé fut accepté en qualité de passager par le capitaine Chabert, qui, vingt-quatre heures après la nouvelle de la ratification du traité de paix que l'on négociait à Versailles depuis plusieurs mois, appareilla de Marseille le 10 septembre 1783.

Ravi de se retrouver encore une fois à la mer sous les ordres de son capitaine et sur son ancien navire du Brésil, Goulven, dans le premier moment d'enchantement que lui causa le plaisir de reprendre le large, se contenta de féliciter Chabert sur son activité, en lui adressant l'éloge suivant : « Vous avez été, il y a cinq ans, le premier à sortir à bord d'un corsaire pour profiter de la guerre ; aujourd'hui , vous êtes encore le premier à appareiller avec une barque marchande pour profiter de la paix. Dans ces deux occasions, vous avez trouvé moyen de faire la barbe même aux plus pressés. Jamais de la vie, je n'ai été plus content qu'aujourd'hui de votre manière d'agir. »

I X.

Nous venons de dire quelle avait été la vie
du chevalier de Chabert, depuis son début dans
la marine, jusqu'au moment où, parti de Marseille pour l'Ile-de-France, il avait rencontré, à
bord de son bâtiment même, et la victime qu'il
avait autrefois immolée à son frénétique égarement, et le malheureux fils si fatalement issu de
ce crime trop long-temps resté impuni et

oublié. Jusqu'ici, en suivant le chevalier dans
les circonstances les plus importantes de son
orageuse existence, nous avons vu plutôt en lui
un enfant livré, avec la faiblesse de son âge et
la fougue de ses passions, à tous les hasards de
sa destinée, qu'un jeune homme né pour le
crime et déjà aguerri contre toute espèce de
remords. Imbu dès ses plus tendres années de
ce préjugé funeste qui persuadait si aisément à
une classe d'hommes privilégiés, qu'ils pouvaient tout oser et tout braver sans avoir plus
tard à redouter la sévérité des lois ou le cri
de l'opinion, l'impétueux Chabert n'avait trouvé
ni dans son éducation, trop négligée, ni dans
l'énergie de son cœur, le frein qui aurait pu
réprimer à temps l'emportement de ses caprices et le délire de son imagination. Trop fier
des prérogatives de son rang pour se résigner
à subir sans murmurer le joug d'une discipline
dont il avait fini par briser violemment les
liens, il ne s'était plus senti, après cette pre-

mière faute, assez d'énergie pour se rappeler les devoirs que sa naissance lui imposait, et pour repousser, au sein même de l'indigence qui le menaçait, des propositions indignes de sa délicatesse; et devenu par besoin, plus encore que par générosité, le complice d'un avide spéculateur, à la recommandation d'une courtisane, il s'était vu bientôt obligé de cacher, par un reste de pudeur, le nom qu'il n'avait pas eu la force de faire respecter aux autres et de conserver pur pour lui-même.

Mais la faiblesse de certaines organisations morales a cela du moins de consolant pour l'humanité, que si elle ne suffit pas toujours pour nous faire repousser les séductions du vice ou les suggestions du crime, elle ne rend jamais impossible notre retour à la modération ou au repentir. Chabert, qui jusqu'à l'époque que nous avons retracée, en mettant dans la bouche de madame de Leuvry le récit de l'affreuse aventure dont il avait été, lui, le plus sinistre acteur, et elle, la plus touchante victime, était parvenu à oublier, dans les agitations d'une vie hasardeuse, le souvenir du forfait qui avait dû oppresser son cœur de tout le poids que le remords doit ajouter à la conscience d'un acte odieux. Mais en présence de la belle et infortunée madame de Leuvry et de l'innocent Auguste, toutes les émotions par lesquelles il devait passer pour expier une partie de sa criminelle conduite, affligèrent son âme et semblèrent réveiller sa sensibilité pour redoubler l'horreur que lui avait déjà inspirée plus d'une fois la lâcheté de son attentat. Avec quel timide respect, depuis que la naïve révélation de madame de Leuvry était venue lui montrer si près de lui la jeune fille qu'il avait déshonorée, il contemplait cette femme si résignée et si malheureuse ! Avec quelle secrète tendresse surtout il prodiguait à son fils ces caresses qu'un instinct, qu'il regardait comme une inspiration du sang, lui avait appris à prodiguer à ce précieux en-

fant avant même qu'il n'eût connu le terrible
mystère de sa naissance ! Oh ! pour lui, désormais, il y avait dans la fatalité de cette rencontre et le prodige de cette réunion si heureuse ou si funeste, l'indice d'une volonté
providentielle.

« C'est mon crime, disait-il, que le ciel
veut me conduire à expier en plaçant sous mes
yeux les deux victimes de mon affreux égarement. Le hasard peut se plaire à enfanter des
choses étranges ou bizarres, mais à Dieu seul
appartient le pouvoir de faire éclater ainsi ses
vues dans l'enchaînement de tant de circonstances marquées au sceau d'une inévitable
destinée. Et quel sort me présage ce redoutable
avertissement de la divinité? Par combien de
tourments ou de tortures me faudra-t-il racheter une infamie que je n'ai pas encore expirée, et
dont tout mon sang, peut-être, ne suffirait pas
pour effacer la trace ! Ah ! j'avais trop long-temps
oublié une si grande souillure, pour ne pas

éprouver un jour le supplice que la vengeance céleste fait tomber tôt ou tard sur la tête des sacriléges comme moi !

Et lorsque, poursuivi par ces sombres idées, ou agité de ces terreurs cachées, le malheureux Chabert cherchait en vain à se plonger dans l'isolement et la solitude que lui refusait sans cesse le séjour du bord, des heures entières s'écoulaient sans qu'aucun de ses compagnons de voyage osât l'arracher à la mélancolie qui semblait obscurcir sa raison et parfois même égarer son imagination.

Le seul homme qui connût, à bord de *l'Anémone,* le secret de ce cœur désespéré, et qui pût adoucir l'amertume de ses douleurs en recevant ses plus intimes confidences, était Goulven; et, quelque étranger que dût être ce jeune et rude matelot à des confidences qu'il comprenait mal et à des scrupules de conscience dont il ne manquait pas de condamner l'exagération, son attachement pour Chabert était tel, que, tout en blâmant encore avec sa brusquerie accoutumée ce qu'il appelait des *farauderies de sentiment,* on le voyait chercher mille moyens pour distraire son chef, de la tristesse dont il ne connaissait que trop bien la cause. L'amitié, qui, chez les gens grossiers, se révèle souvent sous les formes les plus abruptes, acquiert aussi, comme toutes les meilleures inspirations de l'humanité, une délicatesse exquise quand elle s'émeut ou qu'elle craint. Ce Goulven, naguère encore si disposé à résister aux ordres ou aux volontés de son supérieur avec l'obstination enracinée de son caractère, n'était plus dans ces moments que le moins contrariant et le plus attentif des amis pour son capitaine malheureux. Sa tendresse même, alors réveillée par l'excès de son dévoûment, devenait quelquefois ingénieuse à faire naître dans l'âme de Chabert les idées les plus consolantes; et c'est alors que le confident du capitaine se montrait complaisant jusqu'à la flatterie pour adoucir une affliction qu'il concevait à peine, lui, le sauvage enfant de la Bretagne et de l'Océan! Mais l'amitié sincère est ainsi faite : forte contre nous, quand nous pouvons nous passer d'elle, et faible autant que nous, quand nous avons perdu la force de lui résister.

« Voyons, disait quelquefois Goulven à Chabert, lorsque seuls la nuit ils pouvaient s'entretenir tous deux à voix basse, sans redouter les importuns; voyons ce que vous pouvez avoir à craindre ou à vous reprocher à présent?

— A craindre? rien... Mais n'aurai-je pas éternellement à me reprocher d'avoir déshonoré cette malheureuse femme? répondait Chabert avec abattement.

— Bah! n'a-t-elle pas trouvé à se marier avec un homme soi-disant comme il faut, qui a consenti à répondre de tout!

— Oui, n'est-ce pas? à se marier avec un homme qu'elle abhorre peut-être et qu'elle doit mépriser à coup sûr. Et cet enfant, qui est le mien et que je voudrais posséder au prix de tout ce que j'ai au monde, pour effacer, s'il est possible, la moitié du crime auquel cette innocente créature doit le jour ?

— Il est certain en effet qu'il vous ressemble assez, ce petit Auguste, pour que vous ne puissiez pas le renier, et pour que son père de rencontre puisse se flatter de l'avoir eu à lui tout seul... Cette espèce de prêtre espagnol, l'abbé Salvador, m'a même fait là-dessus une observation que j'ai renfoncée du bon numéro, dans l'endroit même d'où elle était sortie ; car vous savez bien que je n'aime pas trop cette manière de moine en congé, qui va dans l'Inde passer un semestre. Mais pour en revenir à ce que nous disions, en supposant que cette jolie petite *moussaille* d'Auguste vous tienne tant au cœur, qui vous empêcherait de le ramener en France avec nous, au retour du voyage ?

— Que dis-tu ? Mais quel droit crois-tu que je puisse avoir sur cet enfant ?

— Mais le droit qu'un père doit, selon moi, avoir toujours sur celui à qui il a donné la vie. Au surplus, quand on n'a pas positivement un droit quelconque pour faire ce qu'on veut, on le prend.

— Je n'entends pas bien ce que tu veux dire.

— Je veux dire que pour si peu que le fils de la dame de l'ordonnateur vous fasse envie, une fois rendus à l'Ile-de-France, nous pourrons lui faire son affaire et la vôtre.

— Et comment cela?

— En l'enlevant, pour le conduire à bord et lui faire entreprendre avec nous une seconde traversée.

— Malheureux! l'arracher à sa famille, et ajouter le rapt du fils à la violence que j'ai déjà faite à la mère pour mon éternel opprobre!

— Et si c'est pour le bonheur de l'enfant et pour votre satisfaction qu'on le ramène en

France, je vous demande un peu le mal que ça
pourra lui faire?

— Goulven, encore une fois, je te l'or-
donne, ne me parle plus de cela. Sache bien
que sans réussir à me faire partager tes folles
idées, tu ne parviendrais qu'à augmenter l'a-
mertume de mes regrets et de mes remords.

— Allons, je ne le vois que trop! avec
vous il n'y aura jamais moyen de mener et d'arranger quelque chose un peu proprement. »

Une de ces catastrophes dont se sert quelquefois la Providence pour accomplir ses desseins les plus cachés, devait arracher bientôt le
capitaine Chabert à ses cruelles angoisses, pour
lui faire éprouver une sollicitude nouvelle, et
d'autres tourments que ceux qui, jusque là,
avaient partagé son esprit et son cœur, entre
ses devoirs et ses sentiments. Mais pour rap-
porter dans toutes ses circonstances princi-
pales, le terrible événement dont nous allons
devenir l'historien, le lecteur nous permettra

I.   16

d'entrer dans quelques-uns des détails presque techniques de la navigation que poursuivait *l'Anémone* depuis son départ de Marseille, et son arrivée dans la zône des vents alisés.

Un soir que le navire, poussé dans la direction de sa route par la douce brise des Tropiques, semblait bercer nonchalamment en roulis les hommes de quart, assoupis sur leur pont, le repos que goûtait l'équipage en ce moment d'oisiveté fut tout-à-coup troublé par l'apparition de l'abbé Salvador, qui, sortant avec frayeur de sa cabine, vint prévenir le capitaine qu'une forte odeur de soufre et de fumée se faisait sentir dans la grande chambre. M. de Leuvry et sa femme, montés sur le pont presque en même temps que l'abbé Salvador, répétèrent ce qu'il avait dit, et confirmèrent les craintes qu'il venait d'exprimer (1).

---

(1) La plupart des faits rappelés dans l'épisode qui forme ce chapitre sont historiques. Nous les avons empruntés, pour les lier à l'action de notre roman, au naufrage du brick *la*

Tout en recevant cet avertissement avec la
défiance que devaient lui inspirer les vaines
terreurs qu'il avait déjà eu l'occasion de reprocher à ses timides passagers, le capitaine des-
cendit précipitamment dans la chambre, et,
après avoir acquis la pénible certitude que
cette fois la peur de l'abbé avait un motif réel,
il remonta sur le gaillard d'arrière pour donner les ordres que réclamait un événement
dont il ne redoutait que trop les conséquences,
mais dont il voulait encore cacher la gravité.
En un instant le grand panneau de la cale fut
dégagé et entr'ouvert; et de cette issue offerte
à l'air extérieur, s'échappa aussitôt une vapeur

Sophie, du Hâvre. L'équipage et les passagers de ce navire
incendié presque spontanément en mer, en 1816, se réfu-
gièrent, dans deux embarcations, sur l'île alors déserte de
la Trinité, où ils séjournèrent jusqu'au moment où le capitaine et le lieutenant, M. Girette, ayant osé s'aventurer dans
un canot pour aller à Rio, revinrent avec une goëlette brésilienne recueillir leurs malheureux compagnons d'infortune.

suffocante, qui ne fit que trop évidemment connaître aux matelots et aux passagers consternés, le sort dont ils étaient menacés.

Goulven, à qui l'imminence d'un péril quelconque semblait toujours donner une ardeur et une intelligence nouvelles, osa le premier se précipiter dans la cale, pour s'assurer par lui-même de la nature et de la réalité du danger; et, sans attendre ou plutôt sans demander l'approbation du capitaine dans une circonstance où il ne s'agissait que de sa vie, le courageux Breton, écartant des mains et des jambes les objets de la cargaison qui s'opposent à son passage, disparaît sous l'écoutille entr'ouverte. Mais, bientôt suffoqué par les flots de fumée qui s'élèvent du gouffre où il s'est plongé, Goulven revient sans haleine, sans pouls et presque sans voix, pour murmurer à ceux qui l'entouraient avec effroi, ces mots entrecoupés : « Fermez!... Fermez vite le panneau, ou dans une demi-heure nous sommes brûlés! »

Le sage conseil du matelot fut suivi : le panneau est refermé, bouché; et la chaleur brû-
lante qu'exhalait la cale par le passage qu'on
a fait un instant à l'incendie naissant, est re-
foulée vers le foyer d'où elle s'est échappée.

« Mais encore, qu'as-tu senti en pénétrant
en bas? demande Chabert à Goulven, un peu
revenu de son étourdissement.

— J'ai senti du feu sous mes mains et sous
mes pieds, répond celui-ci. Je suis sûr que
c'est de l'arrière que vient la plus forte chaleur.

— Et si nous cherchions à étouffer le feu
sous une masse d'eau! s'écria le second du
bâtiment.

— Etouffer ce feu-là avec de l'eau! reprend
Goulven avec colère. Gardez-vous en bien!
Vous ne vous rappelez donc pas ces malheureuses dame-jeanne d'huile de vitriol et cette
barrique de chaux vive que nous avons eu
l'imprudence d'embarquer sous pont à Mar-

seille! De l'eau là-dessus, dites-vous? Mais
c'est comme si vous vouliez jeter de la poudre
sur un brasier! »

Ces terribles mots venaient de divulguer à
tout l'équipage la cause de cet accident fatal,
les conséquences probables qu'il allait avoir, et
l'impuissance des efforts que l'on tenterait
pour échapper à une si horrible catastrophe.
La résolution du capitaine fut bientôt prise en
face de l'imminente responsabilité qu'il devait
accepter; elle était d'ailleurs dictée par la nécessité, et elle fut plus tard soutenue avec
l'énergie qui n'avait jamais manqué à Chabert
en présence du péril... Il donna ses ordres avec
le sang-froid qui était dans son caractère, et il
réussit même à faire concevoir à ses subordonnés un espoir qu'il n'avait plus. Les matelots, puisant dans l'énergie dont leur chef
leur donnait l'exemple, le courage qui avait
été sur le point de faillir en eux, exécutèrent
sans confusion et avec confiance les travaux

qui leur étaient commandés. On eût même dit,
à les voir occupés du soin d'assurer leur salut
et de disputer leur vie au danger qui menaçait
de si près leur tête, qu'ils ne remplissaient
à bord pendant cette nuit d'effroi, qu'un devoir
ordinaire et qu'une tâche de tous les jours,
tant dans les moments même les plus horribles
la préoccupation du travail matériel peut arracher les marins au sentiment de la peur! En
quelques minutes, un service fut organisé pour
arroser d'eau de mer toutes les parties du navire que l'action du feu qui courait à l'intérieur
pourrait bientôt ronger jusqu'à la surface des
ponts et des bordages élevés au-dessus de la
flottaison. Le bâtiment mis en panne pour le
préserver des grands mouvements qu'il pourrait éprouver ou communiquer à l'air, en con-
tinuant à faire route, reçut le long de son bord
la chaloupe et le canot que l'on avait descendus à la mer. Ces deux embarcations, les seules que possédât *l'Anémone*, furent mâtées,

gréées de leurs voiles, pourvues de tous les
instruments nautiques les plus indispensables,
et chargées de tous les vivres qu'elles pouvaient
contenir. Une fois ces dispositions prises, une
fois enfin les dernières espérances de l'équipage
placées dans la ressource extrême que leur
présentaient ces embarcations, qui pouvaient
devenir pour eux un refuge à tout événement,
la sécurité brilla sur tous les visages et sembla
être revenue dans tous les cœurs. Toutes les
fentes, toutes les issues par lesquelles l'incendie aurait pu se faire jour en communiquant
avec l'air extérieur et en dévorant la coque
du bâtiment qu'on voulait lui disputer encore
pied à pied, furent bouchées, calfatées et ar-
rosées d'eau. Le reste de cette nuit d'angoisses
se passa au milieu des préparatifs que l'on faisait déjà pour abandonner le navire, et des efforts que l'on tentait pour l'arracher, s'il était
possible, à une destruction trop prompte.

Les passagers seuls, contemplant dans un

morne silence l'activité que déployaient les officiers et les matelots, paraissaient ne plus rien
attendre de tout le mal que se donnait l'é-
quipage pour assurer le salut commun. Étrangers aux travaux qui s'exécutaient sous leurs
yeux, ne comprenant même plus le langage que
se parlaient les hommes du navire pour agir de
concert et à propos, ils étaient restés immobiles
et muets, dans un coin, comme des condamnés
résignés d'avance à une mort trop certaine, et
comme persuadés que l'équipage eût déjà ré-
solu de les abandonner pour profiter plus sûrement lui-même des moyens de se sauver sans
eux. Madame de Leuvry, assise près de son
mari, tenait dans ses bras son jeune enfant
qu'elle inondait de larmes, et l'abbé Salvador,
oubliant un peu, dans cet instant de terreur, la
philosophie évangélique qu'il avait si souvent
invoquée dans des moments plus heureux,
laissait voir sans déguisement, sur ses traits
altérés, l'effroi qu'il ne prenait même plus l'i-

nutile soin de cacher à tous ceux qui passaient
à ses côtés sans daigner jeter un regard de
commisération sur lui.

Quand le jour vint chasser les ténèbres dont
cette scène funèbre avait été enveloppée pendant plusieurs heures, le capitaine Chabert,
un peu débarrassé de ses devoirs les plus importants, s'empressa de réunir autour de lui ses
passagers pour leur faire part des moyens qu'il
avait adoptés pour les soustraire au naufrage
que tout lui faisait regarder comme immi-
nent. Mon point, leur dit-il, ne nous met
qu'à cent lieues de l'île de la Trinité : c'est la
terre la plus voisine que nous puissions atteiu-
dre. Nos deux embarcations sont bonnes, et
dans les parages où nous nous trouvons, les
mauvais temps sont assez rares, pour que nous
n'ayons rien à redouter du côté des tempêtes,
pendant les deux ou trois jours qui nous seront
nécessaires pour gagner la Trinité. Cette île
est déserte, il est vrai; mais les navires qui pas-

sent sans cesse à une petite distance d'elle
nous recueilleront bientôt. D'ailleurs, ce n'est
pas un lieu commode d'attérage que nous avons
à choisir : c'est un asile contre la mort que nous
avons à chercher..... Je réponds de vous sauver ou de périr avec vous : c'est là tout ce que
je puis vous promettre. Approuvez-vous mon
projet ? »

Des larmes et des sanglots furent la seule réponse qu'obtint le capitaine, et lui-même, en
voyant l'expression de désespoir et de tendresse
empreints dans les regards que madame de
Leuvry laissait errer sur la tête de son fils, ne
put se défendre d'un mouvement de pitié et de
terreur. » Ah ! madame, s'écria-t-il, emporté
par un sentiment indéfinissable plus fort que
la réserve qu'il avait voulu s'imposer, croyez
que je partage toute votre peine, et s'il ne fallait donner que ma vie pour assurer la vôtre et
celle de cet enfant, le sacrifice serait bientôt
fait; mais tout ce que je puis en me dévouant

pour vous ne s'étend malheureusement pas au-
delà de la puissance humaine. Je vous sauverai tous, j'en ai presque la certitude; mais il
faut, pour soutenir la résolution qui m'est si nécessaire aujourd'hui, que vous ayez confiance
en moi...

— Capitaine, répondit madame de Leuvry,
avec une noble assurance, vous venez de me
rendre l'espoir dont j'avais besoin pour mon
enfant encore plus que pour moi... La confiance que vous nous demandez répondra à votre dévoûment..; mais promettez-moi, quelque
chose qu'il puisse arriver, que je ne serai pas
séparée de mon fils, et que s'il est en votre pouvoir de ne sauver qu'un de nous deux, c'est
lui que vous arracherez à la mort et non pas...
me le jurez-vous?

— Je jure, reprit Chabert, que vous ne
serez pas séparée de votre fils tant que je vi-
vrai...

— Mais ce n'est pas tout encore; me pro-

mettez-vous que si jamais vous aviez à balan-
cer entre lui et moi, c'est lui...

— Je promets sur l'honneur de n'abandonner, quelque puisse être le péril, ni lui ni vous.

— Capitaine, vient dire en ce moment Goulven à son chef, j'ai quelque chose à vous communiquer, et je crois, ajoute le prudent matelot, que c'est au moins aussi pressé que ce que
vous racontez-là à madame.

— Voyons, reprit Chabert avec humeur,
que veux-tu me dire de si pressé?

— Je veux vous faire part de quelque chose
qui vient de m'arriver. En descendant sur l'arrière de la chaloupe pour y installer notre
meilleur compas de route, j'ai appuyé ma main
sur une des chevilles en fer des préceintes de
babord, et j'ai remarqué que cette cheville, qui
communique avec le dedans de la cale du navire, m'a brûlé le bout des doigts, attendu
qu'elle était rouge comme si elle fût sortie de
la forge.,...

— Eh bien! qu'as-tu conclu de cela?

— Que nous n'en avons peut-être pas pour
un quart d'heure à rester à bord de *l'Anémone,*
et qu'il faut par conséquent nous dépêcher de
faire notre sac chacun, et de tirer les numéros
pour notre embarquement un peu précipité à
bord de nos deux embarcations. Tenez, voyez
déjà comme le pont brûle sous nos pieds : le
brai des coutures est même tout fondu. Et si
la barque venait à sauter en l'air avec nous,
et le feu à se dégager du même coup, quelle
grimace ferions-nous en haut?

— Tu as raison... le moment le plus pénible
est venu... C'est à présent que je vais avoir
besoin de tout mon courage... »

Chabert, après avoir parcouru, la tête bais-
sée et à pas précipités, le pont du bâtiment de
l'arrière à l'avant, s'arrache, comme par un effort violent sur lui-même, au silence qu'il avait
gardé pendant ce cruel instant de réflexion, et,
montant avec brusquerie sur le banc de quart

qu'il allait occuper pour la dernière fois, il dit
à son équipage attentif et soumis : « Mes amis,
» nous allons nous séparer de notre navire, qui
» dans quelques minutes aura disparu sous l'eau,
» malgré tout ce que nous avons fait pour le
» sauver. Nos deux embarcations sont prêtes à
» nous recevoir avec tout ce qu'il faut pour nous
» conduire à l'île de la Trinité, qui n'est plus
» qu'à cent lieues du point où nous nous trou-
» vons. Nous sommes en tout vingt-trois per-
» sonnes sans compter cet enfant. Combien
» pensez-vous que la chaloupe puisse contenir
» de monde, car dans une circonstance où il y
» va de la vie de chacun, tous les avis sont bons
» à recueillir pour que les chances de salut
» soient également partagées entre des hommes
» devenus égaux sous le coup du même dan-
» ger ?

—La chaloupe peut prendre quinze hommes »,
répondirent à la fois les gens de l'équipage, car
ce calcul avait été fait tacitement par chacun

d'eux avant que le capitaine les interrogeât en masse.

Chabert reprit : « Le canot recevra par conséquent huit personnes.. C'est, du reste, la division que j'avais établie... Mais comme c'est le sort seul qui doit désigner ceux qui parmi nous s'embarqueront sur la chaloupe et ceux qui devront passer dans le canot, faisons de suite le tirage des numéros.

— Oui, faisons vite, mes enfants, répéta Goulven, en tâtant du doigt le brai des coutures qui pétillait sur le pont. Dépêchons-nous, j'entends déjà le feu qui craque en bas...

— Donnez-moi un chapeau, une gamelle, un sac, quelque chose », s'écria le capitaine, en traçant à la hâte et au crayon, sur des petits carrés de papier, tantôt le mot *chaloupe*, tantôt le mot *canot*.

Goulven, qui avait deviné l'intention de Chabert, lui présente son chapeau de cuir : les vingt-trois billets sont jetés et brouillés au fond de cette urne improvisée.

— Voyons, avance ici, mon garçon, dit alors Goulven en s'adressant au petit Auguste... C'est au plus jeune à remuer les numéros et à tenir le sac de nos billets de loterie...

— Oui, reprend Chabert en parlant avec beaucoup plus de volubilité qu'il n'avait encore fait; chacun tirera par rang d'âge, en commençant par les plus jeunes et par les passagers; le mot *chaloupe* indiquera ceux qui seront de la grande escouade, et le mot *canot*, ceux de la petite... Mais je dois vous faire observer que cet enfant n'aura pas de billet à tirer, et qu'il suivra sa mère dans l'embarcation qui recevra madame de Leuvry...

— Tirons vite, capitaine, allons de l'avant! répéta Goulven, si nous voulons avoir fini la loterie avant que le feu ne nous monte à la figure.... »

La main des plus jeunes matelots se plonge

I. 17

au fond du chapeau tenu par le petit Auguste :
chaque homme de l'équipage s'avance silen-
cieusement à son tour, pour retirer de l'amas
de billets celui des bulletins que le sort lui
destine. Jamais peut-être une scène d'un caractère plus imposant et plus sombre n'avait
offert de détails plus vulgaires en apparence.

Un timide enfant, tenant un chapeau de matelot dans ses innocentes mains, une vingtaine
de marins et de passagers entourant cet enfant
et paraissant se livrer à un jeu puéril plutôt
qu'à ce sort terrible qui allait décider de leur
vie, tel était l'aspect que présentaient les derniers moments que tant de malheureux avaient
à passer à bord de leur navire. Mais de quel
effroi cette scène si simple et si calme n'aurait-
elle pas frappé le spectateur jeté soudainement
sur le pont de *l'Anémone,* si tout-à-coup il
avait pu voir dans les acteurs du drame dévoilé
à ses yeux, tout un équipage marchant sur le
cratère d'un volcan à moitié entr'ouvert sous

ses pas, pour aller chercher dans le fond du
chapeau de Goulven le dernier arrêt que la
Providence avait à prononcer sur le compte de
chacun de ces infortunés !

M. de Leuvry, qui jusqu'alors n'avait trouvé
ni assez de sensibilité dans son âme pour partager les angoisses de sa femme, ni assez de
résolution dans son cœur pour imiter le courage dont elle lui donnait l'exemple, sembla se
réveiller cependant de sa longue léthargie,
lorsque la voix du capitaine appela son nom
pour l'engager à retirer du chapeau le billet qui
devait lui échoir... Le *canot*, tel fut le mot que
M. de Leuvry lut sur son bulletin... Le tour
de l'abbé espagnol arriva après celui de M. de
Leuvry. Mais le futur missionnaire des Grandes-Indes, plus tremblant encore que le nouvel
ordonnateur de l'Ile-de-France, fut obligé d'in-
voquer la complaisance de Goulven, en le
priant, par un geste, de retirer pour lui le billet
qu'il n'avait plus la force de saisir lui-même.

« La *chaloupe* pour M. l'abbé, » dit Goulven,
après avoir jeté dédaigneusement les yeux sur
le papier destiné à Salvador... « Et moi, s'écria
madame de Leuvry, en s'avançant d'un pas
ferme vers son fils, n'aurai-je pas aussi mon
tour et ma place ! » Et au même instant la mère
d'Auguste, sans attendre la réponse du capitaine, qui la voyait agir sans oser la regarder,
présente à Chabert le bulletin qu'elle a déjà à
moitié déplié. C'est dans la *chaloupe* que s'embar-
quera madame et son fils, » dit le capitaine avec
vivacité. « Et moi, *idem*, hurle Goulven ; car
voici le permis d'embarquement que je viens de
lever sans tant de façons au bureau des classes de
mon quartier maritime... » Puis, s'approchant
de son capitaine, l'impassible matelot ajouta à
voix basse : « Ce n'est pas encore de cette fois
que nous avalerons notre gaffe par le bout le
plus pointu, capitaine. Vous viendrez avec nous
dans la chaloupe : c'est le ciel qui l'a voulu, ou,
s'il en avait été autrement, avant ce soir il y aurait

encore du nouveau à bord, malgré le peu de temps qu'il nous reste pour en faire. »

Deux bulletins restaient : l'un pour le canot, l'autre pour la chaloupe. Jusque là, le capitaine, refusant de faire prévaloir son autorité dans une circonstance où le péril était le même pour chacun, avait noblement confié au hasard le soin de décider lequel de son second ou de lui se chargerait de la conduite de la plus grande embarcation. Le commandement de la chaloupe, plus forte que le canot, semblait devoir tomber de droit au capitaine. Mais le canot, plus léger et meilleur marcheur que la chaloupe, pouvait prendre les devants sur celle-ci en lui indiquant la route qu'il conviendrait de suivre de conserve. Les avantages différents que pouvaient offrir les deux embarcations étaient donc à peu près balancés entre elles. Mais Chabert, plus disposé à se montrer loyal et généreux, que jaloux de ses prérogatives, avait annoncé qu'il n'accepterait que la place que lui aurait

désignée la chance du sort où la volonté de la
Providence. Quand le tour des deux officiers
fut venu, le second du bâtiment, cédant à l'invitation réitérée de son capitaine , posa la main
sur l'un des deux derniers bulletins. Ce mouvement parut faire tressaillir tous les spectateurs, comme par l'effet d'une commotion
électrique, et madame de Leuvry elle-même,
appuyée sur l'épaule de son enfant, ne put se
défendre de là plus visible émotion.

« Le *canot!* » dit encore Goulven, l'interprète
des oracles du destin dans ces moments
d'anxiété qui n'avaient servi jusque là qu'à
exercer sa présence d'esprit et son intrépidité.

— Comment! le *canot*, s'écrièrent presque à
la fois, avec surprise, les gens désignés pour
monter la chaloupe.

— Oui, le *canot* pour le second, et la *chaloupe* pour notre capitaine et nous, pardieu !
repart Goulven en reprenant son chapeau des

mains du petit Auguste et en le replaçant fière-
ment sur sa tête. »

Tout était terminé... Un quart d'heure avait
suffi pour assigner à chacun le rôle qui lui restait à remplir et la place qu'il allait occuper
dans ce grand acte commencé à bord de *l'Anémone*, et qui devait s'achever sur les flots ou sur
la misérable île déserte que deux frêles esquifs
se disposaient à chercher comme un refuge,
dans le dédale du vaste et solitaire Océan... La
chaloupe flotte sur un des flancs du navire que
l'incendie menace à chaque instant d'entr'ouvrir... De l'autre côté tangue le canot, qui a
déjà reçu les hommes qui doivent l'équiper ; et
le canot et la chaloupe, séparés l'un de l'autre
par la largeur seule du bâtiment condamné à
périr, n'attendent plus qu'un signal pour abandonner ensemble le trois-mâts qui les a si long-
temps portés sur son pont.... « Embarquez-
vous! répète le capitaine Chabert à ceux de ses
matelots restés auprès de lui : tout est fini

pour *l'Anémone* ; embarquez-vous ! plus d'inutiles regrets... Je vous suis. » Et lui, encore
assis sur le couronnement de son navire, paraît voir d'un air distrait ou presque indiffé-
rent, les adieux déchirants que M. de Leuvry
adresse à son épouse avant de se résigner à regagner l'embarcation qui l'attend pour partir.
Un bruit caverneux, un craquement horrible,
dont toute la mâture du navire est ébranlée,
s'est fait entendre sous les pieds du capitaine,
demeuré immobile à la place où il s'est accroupi
dans l'attitude du plus sombre désespoir....

« Eh bien, nous abandonnez-vous pour périr
seul avec la carcasse de la barque? demande
Goulven à Chabert.

— Et toi-même, pourquoi ne t'es-tu pas
embarqué dans ta chaloupe? répond le capitaine.

— Ah! c'est donc l'exemple qu'il faut vous
donner, reprend Goulven, pour qu'il ne soit
pas dit que vous n'avez pas quitté le dernier

votre brûlot de navire. Eh bien, qui m'aime
me suive; car je vois que si j'y mettais de l'entêtement aujourd'hui, je vous ferais rôtir
comme un boudin sur le gril du maître-coq. »

En prononçant ces mots, le matelot court vers
un parc dans lequel on avait attaché deux chè-
vres pour donner du lait aux passagers pen dant
la traversée : il saisit un de ces animaux,
qu'il lance dans le canot encore amarré le long
du bord; et, prenant l'autre chèvre sous le bras,
il saute, un fusil en bandoulière sur le dos et
une galette de biscuit entre les dents, au beau
milieu de ses camarades, déjà arrimés dans la
chaloupe, et non sans leur crier à tue-tête : « Il
y avait deux de ces pauvres bêtes à bord, elles
faisaient quasiment partie de l'équipage : j'en
donne une au canot, et je garde l'autre pour
nous. C'est faire les parts égales : partant,
quittes! Les bons comptes font les bons amis. »

Chabert, vaincu par les prières et les suppli-
cations de tous ses camarades d'infortune, qui

l'appellent à grands cris auprès d'eux, se lève enfin. Une épaisse fumée s'échappe en tour-billonnant du dôme de la chambre et cache un moment le capitaine aux regards épouvantés de ses matelots; mais bientôt, au-dessus du nuage que la fumée a formé entre la chaloupe et l'arrière du navire, on voit flotter au haut de la corne d'artimon un large pavillon de poupe que le capitaine a lui-même hissé avant de dire un dernier adieu à son *Anémone.* «*Vive la France! vive Chabert!* » s'écrie, à l'aspect des couleurs nationales, tout l'équipage, rempli de courage et d'espérance.... Et le capitaine, les larmes aux yeux et la douleur dans l'âme, re-gagne son embarcation, pose pour la dernière fois le pied sur le plat-bord de son navire, et tombe au milieu de ses gens dans les bras de Goulven, qui donne au canot et au patron de la chaloupe le signal du départ et d'une éter-nelle séparation.

En peu de minutes, chacune des deux em-

barcations s'éloigna du trois-mâts , abandonné
à la merci des vents qui se jouaient dans sa voilure désorientée , et des vagues qui venaient
battre ses flancs déjà sourdement minés par
l'incendie. Mais, soit qu'en ce moment la brise
eût donné une impulsion favorable aux voiles
du bâtiment, ou soit que le navire lui-même se
trouvât poussé accidentellement par la lame
sur la route qu'avaient déjà prise les deux canots, on vit *l'Anémone* voguer pendant quelque
temps sur la trace des naufragés.... A l'aspect
de leur bâtiment désert les poursuivant même
dans leur retraite comme un fantôme irrité de
leur fuite, les hommes de l'équipage parurent
frappés de stupéfaction et de peur. « Nous
donnera-t-il encore long-temps la chasse comme
cela? se demandèrent les plus timorés en osant
à peine tourner leurs regards consternés sur le
spectre de *l'Anémone* promenant au-dessus de
l'onde, et au milieu de la fumée dont elle était
environnée, son gréement échevelé et sa voi-

lure en flamme.... Le capitaine Chabert lui-
même, supérieur cependant à l'effroi superstitieux dont ses matelots venaient d'être saisis,
commençait déjà à se reprocher d'avoir abandonné trop précipitamment son malheureux
navire, et allait peut-être ordonner à son patron de se diriger vers *l'Anémone*, lorsque le
trois-mâts, arrêté soudainement dans sa course,
présenta son côté au vent qui l'avait jusque là
assailli en poupe, et n'offrit plus aux yeux des
spectateurs de ses dernières convulsions, que des
bastingages consumés par le feu et des plats-
bords livrés à l'action dévorante des flammes...
Le soleil s'était caché au-dessous de l'horizon
chargé de nuages; la fraîche brise du soir
avait étendu au loin les premières ombres de
l'Orient, et quand la nuit vint, on aperçut, à
une ou deux lieues des embarcations filant à
l'Ouest, un vaste embrâsement formé au sein
des flots, à l'endroit même où *l'Anémone* avait,
une heure auparavant, disparu dans les ténè-

bres qui devaient l'ensevelir pour toujours....

« O mon pauvre navire ! s'écria alors le capitaine Chabert, en arrêtant ses yeux humides
de larmes sur la trombe de feu qui s'élevait avec
un bruit sourd vers le ciel rougi de la lueur de
l'incendie..., une destinée plus forte que tout
ce qu'il m'a été possible de faire pour la conju-
rer, avait sans doute dit que toujours je serais
malheureux à ton bord !... Après t'avoir arraché une fois aux mains des pirates, je ne t'ai
retrouvé que pour t'abandonner coulant en
mer, aux flammes qui vont te dévorer !...

— Assez causé comme ça, murmura à l'o-
reille du capitaine une voix qu'il reconnut bientôt.... Croyez-vous donc que ce qui se passe
là au large me fasse plus de plaisir qu'à
vous ?

— Non, reprit Chabert, que la voix de
Goulven venait d'arracher à sa préoccupation
et de rappeler à la circonspection que devait
lui imposer la présence de madame de Leuvry.

Non, mon ami, je sais tout le mal que cette catastrophe doit te causer comme à moi. Mais...

— Eh bien, est-ce que vous m'avez entendu me plaindre et pleurnicher de belles
paroles pour chanter le *de profundis* de *l'A-
némone?*

— Non, mon garçon, non ! je ne te reproche
rien.

— Pourquoi donc ne feriez-vous pas comme
moi, qui me contente de me donner aux cinq
cents diables en dedans, et de ne pas souffler
le mot en dehors?... Tenez, ne voyez-vous pas
déjà qu'il n'y a pas plus d'*Anémone* sur l'eau,
au moment où je vous parle, que de poil sur
la main.... Ah ! coquin de sort, si jamais tu
venais à tomber sous mon écoute, avec deux
quarts de largue seulement dans ma grand'-
voile.... Et moi encore qui, à Marseille, vous
ai conseillé d'acheter cette gueuse de barque de
malheur. Pauvre bigresse d'*Anémone*, va! tu
peux bien te flatter de m'avoir fait passer un

des plus chiens de quarts d'heure de toute ma
gredine de vie ! »

La colonne de flamme sur laquelle les regards de Chabert et de Goulven s'étaient arrê-
tés et confondus pendant ce rapide dialogue,
s'était affaissée sur la base immense qu'elle
avait d'abord formée : un brasier rouge, flottant
encore par intervalles au-dessus des vagues
lointaines, indiquait seul le point où l'incendie
avait éclaté.... Bientôt ce brasier, qui ne présentait plus qu'une lueur vacillante sur le cercle
de l'horizon, disparut, s'effaça ou s'éteignit,
étouffé sous le poids des ténèbres, ou noyé dans
la masse des flots.

Ces douces brises alisées, ces tièdes zéphirs
dont les vents d'Orient caressent si mollement
les lames azurées de la zône torride, condui-
saient cependant les deux embarcations dans la
direction qu'elles avaient prise pour trouver la
terre où devait aborder cette caravane de naufragés errants sur les mers. Quoique plus pe-

sante, moins vite et un peu plus chargée que le canot, la chaloupe avait ouvert la marche, et le canot suivait, en diminuant quelquefois de voile, la route que lui indiquait sa conserve ; car, avant le départ, il avait été convenu entre le capitaine et son second, que l'un donnerait la direction à suivre, et que l'autre se conformerait, dans son canot, à cette direction, pendant toute la durée de cette périlleuse traversée. Jamais, au reste, l'autorité du capitaine n'avait été plus nécessaire ni plus respectée, que depuis le moment où tous ses camarades d'infortune s'étaient vus conduits à placer dans son expérience et son courage, leur dernier espoir de salut. Lui seul donnait la route à tenir, réglait l'heure des repas et la quantité de vivres à distribuer à bord de sa petite division; et la soumission avec laquelle ses ordres étaient reçus et exécutés, auraient pu peut-être flatter encore son amour-propre, si son esprit s'était trouvé moins occupé des soins que réclamait la responsabilité qu'il avait assumée, dans une circonstance où, dépouillé de toute puissance matérielle, il ne devait plus qu'à sa force morale et à sa valeur personnelle, la déférence que lui témoignaient tous ses malheureux compagnons. Mais l'homme qui se montrait le plus enivré pour son chef, de tout l'orgueil que celui-ci n'avait pas pour lui-même, c'était Goulven... «Voilà pourtant ce que c'est que d'avoir du génie et de la science, disait-il à part lui, en admirant avec complaisance le sang-froid et l'habileté que déployait Chabert dans une conjoncture si critique. Ah! pourquoi le ciel ne m'a-t-il pas donné, ajoutait-il en faisant un retour modeste sur son infériorité, le demi-quart seulement de tout l'esprit qu'il y a dans cette tête-là! Avec cela et le tempérament que j'ai reçu de la nature, j'aurais voulu chavirer toutes les mers de l'Inde. »

La première nuit, les deux esquifs voguèrent à une petite distance l'un de l'autre, comme

des frégates ou des vaisseaux de ligne qui auraient navigué de compagnie; et quoique la
fatigue de la journée eût épuisé les forces des
matelots, personne à bord de la chaloupe de
Chabert ne se laissa aller aux douceurs du
sommeil, car la crainte était encore trop vive
dans toutes les âmes et l'agitation des esprits
trop récente, pour que les plus insouciants
même pussent goûter quelques moments de
calme et de repos. Madame de Leuvry, assise
entre le capitaine et Goulven, n'avait interrompu le silence qui régnait autour d'elle que
pour arracher Chabert à la tristesse que semblait avoir laissée dans son cœur la vue de son
navire disparaissant au milieu des flammes et
des flots. » Pourquoi, lui demandait-elle, en
s'efforçant de cacher sous un sourire l'abattement qu'elle éprouvait elle-même, pourquoi
vous affliger d'une perte que vous pourrez un
jour si aisément réparer? Un navire serait-il
donc pour un marin, ce qu'une épouse est

pour un mari , ou un fils pour une mère? Et quelle résolution pourriez-vous m'inspirer, à moi qui ai déjà tant sujet de trembler pour tout ce qui m'est cher au monde, quand je vous vois presque pleurer un événement qui n'a coûté la vie à aucune des personnes que vous aimez !

— Il est vrai, répondait le capitaine, que les regrets que j'accorde à ce pauvre bâtiment que nous venons d'abandonner , doivent vous paraître bien puérils , madame: mais c'est qu'aussi il se rattachait pour moi à l'existence de cette *Anémone*, des souvenirs à la fois si déchirants et si précieux !

— Oui, bien précieux effectivement, ajoutait ironiquement Goulven, pour couper court aux entretiens de ce genre.... Le souvenir précieux d'une frottée donnée par un Anglais et rendue par nous à un camarade de la même nation... Belle jouissance pour qu'on en parle tant et pour regretter si long-temps cette vieille carcasse qui a pris feu tout d'un coup sans savoir pourquoi, et comme un paquet d'allumettes!... Ça marchait assez joliment, il est certain, au plus près du vent, et ça se comportait en cape, comme pas une corvette ne le ferait peut-être ; jamais même, on peut bien le dire à présent qu'elle n'est plus, ça n'aurait reçu un mauvais coup de mer, quand bien même il aurait venté à décorner les bœufs. Mais est-ce là une raison pour venir se fourrer dans la tête un tas de choses qu'on ferait mieux de laisser à la traîne, que de hisser au grand jour à la vue de tout le monde! Capitaine Chabert, je vous l'ai déjà dit plus d'une fois sans que vous m'ayez fait l'honneur de m'écouter : c'est le sentiment qui vous tient au cœur, comme le feu a tenu à la carlingue de cette pauvre *Anémone ;* et je vous le répète, si vous ne faites pas attention à vous, c'est le sentiment qui vous perdra. Je m'entends, et vous aussi. Assez causé, par conséquent comme ça !

X.

Au jour naissant, le canot communiqua avec la
chaloupe, et pendant quelques instants les deux
équipages purent se voir, se parler, et puiser
dans cette réunion le courage qui leur était nécessaire pour opposer leurs efforts communs
aux périls et aux fatigues dont ils étaient encore menacés. M. de Leuvry, en retrouvant sa
femme et son fils adoptif dont il avait cru être

separé pour toujours, parut éprouver une joie
d'enfant, tant la frayeur avait déjà affaibli toutes ses facultés ou peut-être ouvert son cœur à
des sentiments d'affection qu'il avait presque
ignorés jusque là. Une place à bord de l'embarcation qui transportait sa femme, lui eût paru
une faveur qu'il aurait payée au prix de tout ce
qu'il possédait au monde. Mais aucun des matelots que le sort avait désignés pour monter la
chaloupe, n'était disposé à faire avec l'ordonnateur l'échange d'un poste auquel chacun attachait cette sorte de respect superstitieux
que dans les moments de péril inspire tout ce
qui semble porter le caractère d'une influence
providentielle. A la suite de l'entrevue du capitaine Chabert et de son second, les deux canots reprirent la route qu'on était convenu de
parcourir, pour arriver le plus promptement
possible à la Trinité, cette île sauvage et déserte, devenue pour tant d'infortunés la terre
promise et le pays de rédemption.

A midi, Chabert, après avoir pris hauteur et avoir tracé, sur la carte dont il s'était muni, le chemin fait depuis la veille, annonça à tous ceux qui l'entouraient, qu'on n'était plus qu'à soixante-douze lieues de terre, et que, pour peu que le vent continuât à souffler modérément, on pouvait espérer d'être rendu le lendemain dans la nuit, ou le surlendemain au matin, sur les atter-rages de l'île tant désirée. Mais le calme étant survenu dans l'après-midi avec l'excessive chaleur qu'un soleil torréfiant répandait dans l'air affaissé, il fallut attendre, sous les voiles des embarcations dressées en tentes à la manière des pêcheurs, que la brise renaissante permît de continuer le chemin déjà parcouru dans la direction de l'ouest. Avec la nuit, cette brise, que l'on avait si impatiemment souhaitée pendant quelques heures, recouvra toute sa fraîcheur et sa force, et ce fut alors que les matelots, déjà faits ou résignés à la nouvelle existence qu'ils avaient trouvée à bord de leurs légères

barques, commencèrent à s'abandonner avec
sécurité au sommeil qu'ils n'avaient pas encore
goûté depuis l'abandon de *l'Anémone*. L'idée
toujours présente du même danger finit par
user la peur, à peu près comme l'aspect d'un
objet éblouissant finit par fatiguer la vue; et
l'homme s'habitue aisément à ne plus croire au
péril qui l'a long-temps menacé sans l'atteindre.
Le plus grand sujet d'effroi qu'eussent éprouvé
les naufragés, avait été l'incendie de leur navire : une fois le sacrifice consommé, les conséquences de cet événement leur avaient paru trop naturelles pour qu'ils pussent être
étonnés de les subir. Aussi, sans compter encore avec une certitude complète sur le salut
dont ils avaient entrevu la possibilité, ils se
laissaient aller à leur destinée avec une insou-
ciance qui prenait beaucoup plus sa source
peut-être dans une sorte de confiance instinc-
tive, que dans une ferme et stoïque résolution.
Séparés les uns des autres, et réduits à cher-

cher isolément à sauver leur vie, chacun d'eux n'eût trouvé sans doute que trop peu d'énergie en lui-même pour supporter son malheur ou échapper au plus affreux désespoir. Mais rassemblés sous le coup de la même adversité et partageant le même sort, comment auraient-ils désespéré de la réussite de leur projet, quand rien encore ne semblait devoir s'opposer à une tentative que les éléments et les circonstances paraissaient vouloir favoriser! Vingt hommes expérimentés et résolus ne sont-ils pas cent fois plus forts contre le péril et l'infortune, que l'homme le plus énergique et le plus ingénieux livré seul à l'horreur de l'isolement et de la solitude ?

La dernière nuit s'écoula pour les voyageurs de *l'Anémone*, comme celle qu'ils avaient déjà passée sur leurs barques. Chabert et Goulven, se relevant à la barre toutes les deux heures, s'étaient chargés de gouverner autant que possible à eux seuls, pendant la nuit, la chaloupe

qu'il leur importait de tenir toujours en route
et qui indiquait au canot, dont elle était suivie,
la direction qu'il devait suivre comme elle.
Lorsqu'après avoir fait son quart au gouvernail, Chabert revenait prendre sa place auprès
de ses matelots endormis sur les bancs ou sur
le fond de l'embarcation, il manquait rarement
d'attirer sur ses genoux le petit Auguste, qui ne
sommeillait jamais plus paisiblement, que lorsqu'il se sentait bercé au roulis dans les bras protecteurs du capitaine... Quant à madame de Leuvry, sans cesse entourée de tous les soins que
réclamaient son sexe et sa malheureuse position,
elle se serait montrée presque satisfaite de tant
de marques de sollicitude et de déférence,
sans la sombre inquiétude que lui inspirait,
malgré toute sa résignation aux volontés de la
Providence, le pressentiment d'une catastrophe
prochaine. Aussi pour peu qu'assoupie sur
l'espèce de lit qu'on lui avait dressé dans l'endroit le moins incommode de la chaloupe, elle

entendît le vent gémir ou la mer gronder avec
plus de force, elle se réveillait tout-à-coup pour
s'informer de la cause qui avait ainsi troublé
son repos; et c'était alors qu'il était curieux
d'entendre Goulven déployer toutes les ressources de sa science nautique pour dissiper les
vaines alarmes de la noble passagère....

Pendant un de ces moments où la tranquillité
la plus parfaite régnait parmi les hôtes silen-
cieux de la chaloupe, Goulven, accroupi sur la
barre, dont il dirigeait depuis une heure les
mouvements avec une nonchalance que lui
permettaient la beauté du temps et la régularité
de la brise, se mit à fredonner une de ses chan-
sons favorites. Ce morceau de poésie, qu'un
événement déjà éloigné avait inspiré à notre
barde armoricain, n'était ni bien séduisant sous
le rapport de la forme, ni bien remarquable par
l'élévation du sujet; mais comme il exprimait,
jusque dans sa naïveté vulgaire, la pensée de
celui dont il avait exercé la verve, nous le re-

produirons ici dans toute son exactitude tex-
tuelle, ne fût-ce que pour donner une idée du
talent d'improvisation de notre héros.

Goulven fredonnait donc ces mots sur un air
monotone qui s'adapte depuis bien des siècles
à toutes les complaintes de marin :

PREMIER COUPLET.

Il était deux corsaires,
L'un pauvre et l'autre heureux,
S'aimant comme deux frères
Qui s'aimeraient entre eux.
Quoique l'un capitaine
Et l'autre matelot,
Sous la même misaine
Ils étalaient le flot.

Puis, après chaque couplet chanté, venait ce
refrain :

Quand la brise est ronde
Et que l'air est chaud,
Un vrai matelot,
Un vrai matelot
Ferait le tour du monde
Dans un vieux sabot.

DEUXIÈME COUPLET.

Un jour que, loin de terre,
Ils voulaient se venger
D'un Anglais téméraire
Prompt à les outrager,
Un trois-mats d'Angleterre,
Hissant son pavillon,
S'offrit à leur colère
Contre sa nation.

    Quand la brise est ronde
    Et que l'air est chaud, etc.

TROISIÈME COUPLET.

Soudain le canon tousse
Sur l'Anglais rapproché ;
L'abordage il repousse,
Mais il est accroché.
Bientôt tout l'équipage
Qui prétend résister
Est pris à l'abordage
Sans pouvoir l'éviter.

    Quand la brise est ronde
    Et que l'air est chaud , etc.

QUATRIÈME COUPLET.

Au milieu du tapage
Une jeune beauté
Demande pour son âge
Grâce par charité.

Oui, dit le capitaine,
Je fais grâce en ce jour.
Mais qu'à bord on m'amène
Ce beau trésor d'amour,

    Quand la brise est ronde
    Et que l'air est chaud, etc.

CINQUIÈME COUPLET.

Grand Dieu ! qu'elle était belle
Cette fille aux doux yeux !
Et grand Dieu ! qu'auprès d'elle
Le vainqueur fut heureux !
Ce qui fut dit de tendre
Dans ce jour par hasard,
Je pourrais vous l'apprendre,
Mais ce sera plus tard.

    Quand la brise est ronde
    Et que l'air est chaud,
    Un vrai matelot,
    Un vrai matelot
Ferait le tour du monde
    Dans un vieux sabot.

Le chanteur avait à peine fini de jeter ces derniers mots au vent, qui les emportait en enflant les voiles de sa chaloupe, que madame de Leuvry, levant ses regards sur Goulven, lui demanda tout émue où il avait appris les paroles qu'il venait de faire entendre.

« Où j'ai appris ça, madame? répondit Goulven, d'autant plus embarrassé de répondre à cette question qu'il s'était imaginé que madame de Leuvry sommeillait en ce moment. Ma foi, madame, je vous dirai que c'est dans ma jeunesse que j'ai entendu d'autres matelots comme moi, chanter ce petit couplet de chanson.

— Ah! c'est dans votre jeunesse, Monsieur Goulven », reprit madame de Leuvry en attachant un œil sévère sur les traits bouleversés de l'imprudent, qui s'était exposé à révéler, d'une manière si irréfléchie et si impardonnable, le secret le plus important de sa vie.

Dès cet instant, un sentiment de défiance qu'elle n'avait pas encore éprouvé auprès des deux hommes qu'elle devait regarder comme ses libérateurs, s'empara de l'âme de madame de Leuvry, et, en recueillant des souvenirs confus dont elle s'était reproché déjà d'avoir été

frappée en présence de Chabert et de Goulven, elle ne put se défendre de ressentir une
secrète terreur au milieu des marins dont elle
était environnée. Sans deviner, ou plutôt sans
oser s'avouer la cause de l'éloignement irrésistible que lui faisaient éprouver depuis peu les
deux personnes qui lui avaient d'abord inspiré le
plus d'intérêt et de confiance, elle trembla en
face d'eux, comme autrefois elle avait tremblé
en se trouvant livrée aux monstres qui l'avaient
immolée à leur brutalité. Surpris du changement subit qu'il remarquait en madame de
Leuvry, Chabert osa lui demander le motif de
l'abattement auquel elle paraissait s'abandonner dans un moment où le courage qu'elle
avait montré jusque là lui devenait plus nécessaire et aussi plus facile que jamais. La réponse de madame de Leuvry fut simple et digne,
et, sans laisser percer les terribles soupçons qui
l'agitaient, elle exprima du moins les craintes
qu'il lui était permis de concevoir dans sa situa-

tion, de manière à imposer à ceux dont dépen-
dait son sort la circonspection qu'elle désirait
trouver en eux... Mais que de fois, fixant sés
yeux noyés de larmes sur son fils, ne s'était-
elle pas dit avec désespoir : « Pourquoi le ciel
ne m'a-t-il pas accordé la grâce de mourir en
te mettant au jour ! Fallait-il donc, cher enfant,
que le crime qui t'a donné la vie fût expié par
le malheur que je n'ai pas mérité et par la fatalité
qui plane sur ta tête innocente ! »

Vers le soir de la troisième journée de leur
pénible fuite au milieu de l'Océan, les matelots
de l'*Anémone* remarquèrent, comme un indice
de l'approche de la terre qu'ils cherchaient à
découvrir devant eux, la fréquence des grains
que poussait sur leurs barques un vent devenu
plus fort et plus irrégulier. La mer, qui jusque
là avait été transparente et azurée sous la voûte
du ciel pur qu'elle reflétait avec mollesse, devint presque tout-à-coup noirâtre et lourde :
les lames, tracassées par la brise capricieuse

19

dont elles étaient agitées, semblaient se déta-
cher avec effort des hauts-fonds sur lesquels
on eût dit qu'elles bondissaient. Plusieurs de
ces oiseaux sauvages qui ne quittent jamais que
de quelques lieues leurs nids de rochers,
avaient mêlé leurs cris aigus au bruit des flots
et au sifflement des risées, en agitant leurs ailes
au-dessus de la tête des voyageurs. Le capitaine Chabert, indépendamment de ces signes
d'un atterrage prochain, s'était d'ailleurs assuré,
par des observations répétées, qu'on allait
bientôt toucher au terme de la course, et avec
les derniers rayons d'un soleil pâle et voilé, les
regards de l'équipage s'étaient promenés sur
les flots pour chercher à l'horizon le point que
l'on s'attendait à aborder bientôt. Mais le peu
d'élévation des embarcations, cachées à chaque
instant dans le creux des lames qu'elles rasaient
de leurs plabords, et surtout l'épaisseur du
brouillard dont les grainasses surchargeaient
l'atmosphère, ne permettaient guère à la vue

des matelots de s'étendre assez loin pour qu'ils
pussent apercevoir, même à une faible distance,
l'île escarpée que devaient environner en ce
moment les nuages amoncelés au large. A la
tombée de la nuit, les deux canots s'écartèrent
un peu l'un de l'autre pour éviter de s'aborder dans l'obscurité, et le capitaine convint
avec son second que le premier qui verrait la
terre avant le jour, ferait tous ses efforts pour
en informer son compagnon de route, en ma-
nœuvrant de façon à lui indiquer la direction
qu'il jugerait lui-même le plus convenable de
suivre. Cet engagement une fois pris, on navi-
gua pendant deux ou trois heures avec toutes
les précautions que prescrivaient la difficulté
de la situation et l'état du temps, devenu plus
menaçant que jamais. Le plus morne silence
régnait du reste à bord de la chaloupe ; et,
au milieu de ce calme sinistre, tous les marins,
tournés du côté de l'avant, ne s'attachaient
qu'à chercher, qu'à deviner au-dessus des

lames, et à travers les ténèbres, le rivage qu'ils
craignaient presque également de rencontrer
trop tôt ou de n'apercevoir que trop tard.....
Que de fois les plus vigilants, et ceux même
dont le regard était le plus exercé à la mer, en
voyant la crête des vagues revêtir dans l'ombre la forme fantastique d'une roche énorme,
furent sur le point de crier : *Terre devant
nous !* Dans ces moments d'espoir et de terreur,
où tous les cœurs n'ont qu'un but et qu'une
émotion, il est si facile à toutes les imaginations
et à tous les yeux d'avoir la même illusion ou
plutôt la même peur ! A minuit, un grain plus
violent, plus prompt que ceux que l'on avait
essuyés jusque là, vint fondre sur la chaloupe,
qui n'eut qu'à peine le temps nécessaire d'amener en grand ses voiles déjà arrisées, pour résister à la fureur de cette rafale inattendue.
Pendant quelques minutes, la barque, présen-
tant l'arrière à la bourrasque, vola avec une
effrayante rapidité sur la surface d'une mer

comprimée par l'impétuosité du vent; le canot du second, que l'on avait oublié dans ce moment d'anxiété, avait disparu, enveloppé sans doute comme la chaloupe, dans les replis de la tornade nocturne; et quand les yeux des hommes placés sur l'avant purent, un instant aveuglés et fouettés par la raideur de l'ondée, se porter de nouveau dans la direction que la rafale leur avait cachée, un seul cri partit au même moment de toutes les bouches pour venir frapper tous les cœurs : «*Des brisants! des brisants!*»

Et, sans pouvoir ou plutôt sans oser revenir d'un côté ou de l'autre dans le dédale d'écueils où elle se trouve engagée, la chaloupe, poussée par les vagues monstrueuses qui la couvrent, qui la torturent, qui la dévorent, court à moitié submergée longer la bande d'écume que les lames forment en se brisant avec fracas, sur la ceinture des noirs rochers qui se hérissent devant elle. A l'aspect effroyable de ces masses immobiles dont les pointes funèbres se dressent au-dessus des flots, Goulven s'écrie de toute la force que l'imminence du péril peut donner à sa voix : «*Lofe tout, ou nous sommes perdus !* »

— Pourquoi lofer? répond avec emportement le capitaine.

— Pour parer ces brisants à tribord!» hurle Goulven, en trépignant d'impatience et de rage.

Et sans attendre l'effet de la résolution qu'il veut inspirer à Chabert, le matelot, furieux, se précipite sur la barre de l'embarcation, qu'il fait revenir au vent, en donnant une direction nouvelle à la route que l'on a tenue..... La barque, obéissant au brusque mouvement qui lui est imprimé, vient en travers, se couche, s'abat sous l'effort de la rafale : la lame frappe le flanc qu'elle lui présente : la rafale siffle avec impétuosité entre ses mâts penchés sur les vagues frémissantes; elle va chavirer sous les pieds des malheureux qui se cramponnent avec l'effroi de la mort sur son plabord le plus élevé au-dessus des flots. « *Hisse la misaine! hisse la misaine! ou je vous noye tous comme des chiens!* » braille Goulven, resté debout au gouvernail, dans l'attitude d'un maître qui menace et qui supplie à la fois. Les plus déterminés d'entre les matelots s'élancent sur la drisse : un bout de misaine, en se tordant sur sa vergue à moitié rompue, se hisse, monte et s'enfle bruyamment. Un coup de barre donné du bord du vent, fait arriver péniblement et presque convulsivement l'embarcation, qui reprend sa course violente au milieu des brisants qu'elle effleure, en laissant le long de son bord les récifs qu'elle a évités en venant du lof à l'instant où Goulven s'est jeté sur le gouvernail. Toutes les poitrines palpitent, toutes les bouches sont muettes de terreur; d'immenses rochers auxquels la nuit prête des formes gigantesques, défilent dans l'obscurité aux yeux des malheu-

reux que la chaloupe entraîne, engouffre dans
les sinuosités de ce labyrinthe affreux... A chaque instant, on croit, on sent que la frêle embarcation va disparaître sous les vagues mugissantes qui la couvrent de leur écume, ou sur
les bas-fonds que sa quille rase avec la rapidité
de la foudre. Le capitaine lui-même, malgré
toute son intrépidité, attend, immobile, mais
en frémissant, le moment qui doit être son
dernier moment, celui de ses compagnons et
de l'enfant qui s'est jeté éperdu dans ses bras
crispés. Tout-à-coup le vent se taît, la mer
s'apaise; le bruit expire... La chaloupe s'est
ralentie dans sa marche étourdissante; les hommes se sont redressés sur les bancs où les avait
enchaînés l'épouvante. Une minute auparavant
c'était la tempête avec tous ses déchaînements
et le trépas avec toutes ses horreurs; maintenant, c'est presque du calme que l'on éprouve;
c'est presque la vie que l'on a retrouvée et
que l'on respire. Les brisants se sont effacés

dans l'ombre et sur les traces de la barque qu'ils ont menacée de si près. C'est sous le vent et à l'abri protecteur d'une terre à pic, que l'on vogue enfin avec lenteur, avec une sécurité inespérée. Chabert, à l'aspect de cette terre secourable que la Providence semble lui avoir jetée comme un port de salut au milieu d'un second naufrage, s'est écrié avec délire : « *Mes amis, mes amis, nous sommes sauvés; voilà la Trinité!*

—La Trinité! mon capitaine, reprend d'une voix rauque un vieux matelot qui, jusque là, avait gardé le plus sombre silence. Ce sont les *Martin-Vaz* que vous prenez pour la Trinité, je les ai vus assez souvent et d'assez près pour les reconnaître à la mine.

— Les *Martin-Vaz*! répètent tous les marins avec étonnement.

— Oui, les *Martin-Vaz*! continue sur le même ton le vieux marin. La Trinité que vous cherchiez est encore à huit ou neuf lieues d'ici, et plus à l'ouest. Elle est plus grande deux fois que ceux-ci, et elle n'en vaut pas mieux pour ça !

— Quoi! ce ne seraient là que les Martin-Vaz! murmurent encore les marins stupéfaits.

— Martin-Vaz ou Trinité, s'écria Goulven, sans donner le temps au capitaine de répondre à l'observation du matelot; il faut que nous en tâtions, et tout de suite, car il n'y a pas à choisir. Allons, garçons, amenez-moi cette misaine en double, et attrape à donner un bon coup d'aviron pour aller danser une contredanse à terre (1). »

(1) L'erreur que, d'après notre récit, commit, en cette circonstance, le capitaine Chabert en prenant, il y a bientôt soixante ans, les îlots de Martin-Vaz pour l'île de la Trinité, s'explique par le peu d'exactitude qu'offraient alors la plupart des observations nautiques faites à la mer, et surtout par le rapprochement qui existe entre ces deux points presque imperceptibles de l'océan Atlantique.

L'île de la Trinité est située en effet par 20° 31' de latitude sud, et 31° 40' 10" de longitude ouest, et les Martin-Vaz par 20° 30' de latitude sud, et 31° 10' 10" de longitude occidentale. Cette position relative, qui ne donne qu'un tiers de lieue à peu près de différence de latitude entre les

Cet avis, inspiré par la nécessité et dicté par la prudence, est reçu comme un ordre que chacun s'empresse d'exécuter. Les avirons, oisifs depuis trois jours sous les pieds des matelots,

rochers qu'aborda la chaloupe de *l'Anémone* et l'île déserte qu'elle cherchait, rend cette erreur de route fort excusable pour le capitaine qui, courant pendant trois jours en longitude, n'avait pu faire ses observations qu'au milieu des difficultés et de la gêne qu'il devait éprouver dans une petite embarcation qui ne pouvait guère elle-même suivre bien régulièrement l'aire de vent à parcourir pour atteindre avec une précision rigoureuse, le point d'atterrage qu'on s'était proposé.

Après avoir fait prononcer aux naufragés de *l'Anémone* ce nom de *Martin-Vaz*, nous donnerons ici une description des îlots qui en furent dotés en commisération du navigateur hollandais auquel on doit la découverte de cette vigie célèbre. La notice que nous allons reproduire est tirée du rapport du capitaine du navire *l'Aline*, qui, dans un voyage de Bourbon à Nantes, eut l'occasion de rendre aux Martin-Vaz la visite la plus récente que ces sauvages îlots aient peut-être encore reçue.

«Le 25 janvier 1833, écrit ce capitaine dans les *Annales maritimes de février* 1834, on reconnut, au point du jour, l'île de la Trinité restant au S. O. $\frac{1}{4}$ S. et les îlots de Martin-Vaz au S. $\frac{1}{4}$ S. O. Le temps très-beau et la brise faible me déterminèrent (me trouvant à dix heures à petite distance) à envoyer mon canot avec un officier, quatre hom-

sont en un instant bordés sur les plats-bords de
la chaloupe; et les mains vigoureuses qui les
manient reprennent la force qu'elles avaient
perdue dans l'inaction à laquelle elles ont trop
long-temps été condamnées... Déjà l'embarcation, en mettant le cap sur le rivage qu'elle n'a

mes de l'équipage et deux passagers qui voulurent être de
la partie, visiter les îlots mentionnés ci-dessus. Ils revinrent
de leur excursion le soir à cinq heures ; ils me rapportèrent
qu'ils sont presque inabordables à cause du ressac, qui y
est fort et continuel ; ensuite, les rochers sont détachés les
uns des autres, d'une hauteur et d'un escarpement presque
inaccessibles, leur base étant rongée par des brisants qui
lavent le roc et le revêtent d'un luisant glissant. Ils voyaient
une herbe légère ondoyer au-dessus de leur tête, des myriades d'oiseaux posés sur leurs nids, et du pourpier, dont
la verdure contrastait avec la lave noire qu'il tapissait.
Après avoir fait le tour de l'îlot le plus considérable, qui
peut avoir une demi-lieue, ils purent aborder ; mais l'esca-
lade du rocher était périlleuse ; partout où la pierre était
dure, elle était glissante et sans aspérités. Ils étaient le plus
souvent obligés de se cramponner à un tuf sans consistance,
qui souvent fuyait sous leurs pieds, ou à des touffes sèches
d'une herbe flétrie, que leurs mains arrachaient sans efforts,
et qui les laissait sans appui. Ce qui augmentait encore le
danger de leur position, c'était la chute des rochers qui
tombaient en avalanche derrière eux, et qui auraient in-

encore que côtoyé, se trouve sur le point de
s'engager dans une petite crique que, malgré
l'obscurité, le capitaine a cru remarquer dans
les configurations de la côte qui s'étend devant
lui. Mais la mer, se repliant sur elle-même avec
effort, forme sous le vent de l'île un ressac

failliblement écrasé ceux de dessous, s'ils n'avaient eu la
précaution de s'écarter tout de suite.

« Les oiseaux habitants de ces rocs arides sont des
goëlettes blanches et noires, des taille-vents, des fous et des
pingouins. Nos visiteurs y trouvèrent aussi quatre espèces de
végétaux, deux de la famille des graminées, du pourpier et
de la saxifrage ou casse-pierre; en fait d'insectes, ils ne
virent qu'une grande quantité d'araignées; en coquillages,
des oursins et quelques lipas. Voilà toutes les richesses
animales et végétales de ces îlots inhospitaliers, que l'homme
n'avait jamais peut-être visités.

» Leurs flancs, décharnés et sillonnés par les éboulements,
ne sont composés que d'une lave molle et poreuse, que la
vétusté décompose chaque année, et qui n'est plus que le
noyau sans consistance et ramolli d'une île qui, dans des
temps plus reculés, pouvait être grande et compacte. A
l'exception d'une couche de terre végétale qui résulte de la
fiente des oiseaux mêlée à la poussière de la lave, ces îlots,
amas de scories volcaniques, ne contiennent qu'une lave
noire ou grise, des piles basaltiques et de la pouzzolane
violette. »

que l'on ne peut affronter sans risquer de s'ensevelir dans les vagues qui frappent à coups
redoublés ces bords inhospitaliers. Après tant
de dangers courus avec intrépidité et évités
avec bonheur, une résolution plus forte que
toutes celles que l'on a prises reste à adopter.
C'est peu que de s'armer d'un courage nouveau
pour braver ce péril extrême : il faut tenter
avec désespoir la dernière et la plus redoutable
épreuve que la Providence ait encore réservée
à la témérité des naufragés... Cette résolution
solennelle est déjà arrêtée dans la pensée du
capitaine : de la pensée du chef elle passe dans
le cœur de Goulven, et elle ne sortira de là que
pour être réalisée d'une manière aussi soudaine que terrible... « Sommes-nous tous parés
à donner un bon coup de rame? demande
à ses canotiers l'audacieux Goulven, qui a
compris l'intention de Chabert.

— Oui, nous sommes tous parés ! répondent

les canotiers, qui ne devinent pas bien encore
ce qu'on espère d'eux.

— Eh bien, avant partout! pour vaincre ou
périr! s'écrie Goulven en se jetant à la barre.
Avant et dur, tas de gredins, si vous ne voulez pas avoir dans une minute la chaloupe sur
le dos.... »

Une houle d'une grosseur monstrueuse venait
de soulever à une prodigieuse hauteur l'embarcation sourdement tourmentée par cette lame
de fond : les avirons, halés avec violence par les
rameurs, clapotent un instant sur la surface
inégale de la montagne d'eau dans les flancs de
laquelle ils se sont plongés; la houle hurle, se
gonfle et menace de déferler sur le rivage, avant
que la chaloupe qu'elle va laisser derrière elle,
puisse venir tomber à sec sur la plage.... Déjà
la voûte que présente le vide effrayant du ressac
dans son mouvement immense et subit, s'est
écroulée sur le couronnement de la faible
barque... « Tout est perdu ! crient quelques

canotiers épouvantés en abandonnant leurs
avirons et en détournant leurs yeux de ce
spectacle horrible... — Tout est sauvé! bande
de scélérats! reprend Goulven en voyant fondre
derrière lui une autre lame sourde qui, prenant la chaloupe en plein de l'arrière, la jette,
l'aplatit, l'éparpille sur la grève comme si un
coup de foudre l'eût brisée en étourdissant tous
ceux qui la montaient... Un mouvement d'instinct machinal plus fort que le vertige dont ils
sont frappés, entraîne tous les naufragés : ils
courent ou rampent sur le rivage pour fuir la
lame en furie qui les a vomis avec son écume
entre les rochers qu'ils touchent de leurs mains
palpitantes et qu'ils étreignent de leurs bras
tremblants. Madame de Leuvry, évanouie et
demi-morte, est arrachée d'entre les débris de
la chaloupe par le capitaine Chabert : Goulven
a lancé à terre, et du même coup, le petit Auguste et sa chèvre à lait, ce pauvre animal qu'il
a voulu sauver avec tout le reste de l'équipage,

du naufrage de son *Anémone*. L'abbé Salvador manque seul parmi les nouveaux hôtes des îlots de Martin Vaz. On le cherche, on l'appelle, on le demande aux échos de ces funestes lieux que la voix de l'homme n'avait peut-être jamais réveillés... Une multitude d'oiseaux de mer, épouvantés, répondent par leurs plaintes aiguës aux cris des étrangers qui viennent troubler leur repos dans le fond des anfractuosités qu'ils habitent.... Pendant une demi-heure de recherches vaines, l'abbé passa pour avoir été englouti sous les flots ; et déjà ses compagnons avaient à peu près renoncé à l'espoir de le retrouver, lorsqu'un petit mousse s'écria, en le voyant étendu sans connaissance entre deux barils de provisions que la houle avait roulés avec lui sur la plage : « *Nous sommes parés, nous sommes parés et nous aurons des vivres! Voilà monsieur le curé qui s'est endormi de peur entre deux barils de biscuit!* »

En entendant cette exclamation, les matelots

coururent vers l'endroit où gisait le futur missionnaire des Grandes-Indes, et en peu d'instants ils parvinrent à le rappeler au sentiment des choses extérieures, en le plaçant à l'abri d'un rocher près duquel ils s'étaient déjà empressés de déposer madame de Leuvry, à peine revenue elle-même de l'évanouissement que lui avait causé la plus grande frayeur qu'elle eût éprouvée de sa vie, elle cependant qui, si jeune encore, s'était vue livrée, quelques années auparavant, à la cruauté et à la brutalité des pirates!

XI.

La plus affreuse situation que l'on pût imaginer
pour se représenter la nature humaine aux prises
avec la plus cruelle adversité, ne donnerait
qu'une trop faible idée de la position dans laquelle se trouvaient les marins et les passagers de
l'Anémone, jetés avec l'écume des flots courrou-
cés sur le sinistre îlot qui venait de les recueillir
dans leur détresse. Les premiers pas qu'ils

avaient hasardés pour fuir les vagues, qui semblaient encore les poursuivre, n'avaient fait crier sous leurs pieds tremblants qu'un sol aride et mal affermi. En attachant leurs mains glacées sur les rochers à l'abri desquels ils croyaient trouver un refuge contre la tempête qui mugissait au-dessus de leurs têtes, ils avaient senti s'écrouler autour d'eux tous les faibles appuis qu'ils cherchaient dans l'obscurité pour découvrir quelque antre profond qui pût les recevoir dans son sein. Resserrés, emprisonnés entre le rivage, sur les bords duquel flottaient encore les débris de leur chaloupe, et le roc qui s'élevait à pic à quelques toises de la plage, ils s'étaient vus condamnés à attendre le jour dans cet espace étroit que la mer venait leur disputer à chaque lame, comme si elle eût voulu les chercher encore jusque dans la terrible retraite que la terre leur avait accordée. La force qui les avait soutenus pendant qu'ils pouvaient espérer de trouver un asile en

traversant les mers, paraissait les avoir abandonnés au moment où, après tant de souffrances, ils touchaient enfin au but de tant d'efforts.
Mais aussi à quel prix le ciel leur avait-il fait
acheter la faveur d'échapper à une perte presque
inévitable? En offrant à leur infortune une perspective de privations, de misères et de douleurs,
cent fois pire à supporter que la mort la plus
terrible? En supposant même que, par un de
ces hasards miraculeux que rien ne pouvait
leur faire prévoir, ils vinssent à être arrachés à
leur horrible captivité au milieu des flots,
quelles tortures n'auraient-ils pas à subir avant
l'instant d'une délivrance qu'ils regarderaient
toujours comme impossible ? Trop heureux encore si jusqu'à cette époque qu'un petit nombre d'entre eux étaient peut-être destinés à voir
un jour, ils ne se trouvaient pas bientôt réduits,
pour comble de désespoir, à chercher dans les
entrailles les uns des autres, l'atroce nourriture que leur refuserait le lieu sauvage sur le-

quel la fatalité de leur sort les avait poussés pour prolonger leur supplice et leur agonie!

Pendant quelques heures, ces sombres idées s'offrirent si vivement à l'imagination des matelots, qu'ils restèrent accablés du poids de leurs funestes réflexions, comme si d'avance ils s'étaient sentis frappés de la malédiction divine. En vain la voix de leur capitaine avait-elle cherché à réveiller dans leur cœur l'énergie qu'il voulait leur communiquer ; le silence du plus profond découragement avait accueilli ses véhémentes exhortations. Un seul homme, en cette conjoncture désespérante, pouvait, en parlant à ces esprits abattus le langage qu'il savait leur faire comprendre, les rappeler au sentiment de leurs besoins et de leur devoir; mais pour réussir à entraîner, par son ascendant et son courage, des malheureux trop justement pénétrés de toute l'horreur de leur situation, il fallait que cet homme pût saisir l'occasion favorable de se faire écouter. Cette occasion

s'offrit bientôt à son intelligence et à son dévoûment.

Dans un des rares intervalles où l'ouragan
hurlait avec le moins de furie entre les pics des
rochers, la lune, que la masse des nuages chas-
sés par la tempête avait cachée jusque là sous
leur lugubre voile, vint à jeter une pâle et rapide clarté sur le rivage tourmenté... A la lueur
passagère de cet astre, les naufragés aperçurent
presqu'à leurs pieds la chaloupe qu'ils avaient
abandonnée à toute la fureur des vagues. A
l'aspect de sa précieuse embarcation luttant encore contre sa destruction, Goulven s'écria, en
mettant dans ses paroles l'intention qu'il voulait
cacher pour mieux assurer l'effet de son
projet :

« Pauvre chaloupe, va! dans un quart
d'heure il ne sera plus question de toi, qui
nous as cependant paré si bien la coque!

—Ah! mon Dieu, oui, répondit un des marins à l'oraison funèbre de Goulven en faveur de

sa chaloupe. Pas plus question de toi que
du canot qui portait le second et nos autres camarades !

— Et qui te dit, reprit Goulven, que le canot
est perdu, à toi, goëland de malheur ?

— Qui me le dit ? l'apparence du temps et
ce qui nous est arrivé à nous-mêmes ! A l'heure
qu'il est, c'est fini pour eux, et ils sont peut-
être encore moins à plaindre que nous : ils ne
souffriront plus.

—Tu souffres donc, toi ? demanda avec iro-
nie le Bas-Breton à son interlocuteur.

— Vous jouissez vous, peut-être ? répliqua
celui-ci au Bas-Breton.

— Oui, effectivement je jouis, répondit
Goulven en élevant le ton, et j'ai raison, n'est-
ce pas, de prendre plaisir à me trouver avec
des misérables sans cœur, sans âme et plus
vils mille fois que le dernier des moussaillons
que jamais navire français ait portés sur son pont!

— Comment! des sans cœur et des sans âme !

s'écrièrent tous les matelots en sortant de leur léthargie pour repousser cette violente apostrophe.

— Oui, sans cœur et sans âme, répète Goulven. Est-ce à moi que vous prouverez que vous avez du cœur, quand je vous vois cagnarder sans oser bouger, pour haler à terre une embarcation que nous pouvions encore sauver et qui nous aurait servi à nous tirer d'ici? Est-ce avoir de l'âme, que de pleurer en tremblant de peur à l'abri d'un mauvais caillou, quand la mer enlève à deux brasses de nous le peu de provisions qui nous restaient et qui nous manqueront demain pour vivre jusqu'à après-demain? Notre capitaine, après avoir envoyé à terre la passagère et son fils, est allé, lui, au risque de se faire massacrer par la lame, reprendre, à bord de la chaloupe, ses cartes, son compas de route, son octant et tout son bataclan. Vous l'avez vu, mais vous vous êtes bien gardés de faire comme lui, par la raison que c'est là un

homme, et que vous n'êtes tous, excepté moi,
que des chiffes, bons tout au plus à faire du
papier mâché.

— Que des chiffes, excepté toi ! murmurent
les matelots.

— Des chiffes mouillées, reprend Goulven ;
avec cette différence qu'une chiffe mouillée ne
pleure que quand on la serre, et que vous,
vous pleurez sans qu'on vous ait touchés.

— Eh bien, toi, qui, à t'entendre, n'es pas
une chiffe comme nous, que ferais-tu, dit un
des plus anciens, pour nous prouver que tu as
plus de cœur et d'âme que les autres ?

— Moi, je sauterais sur la bosse de la chaloupe pour tâcher de la haler à terre en pièces ou
en morceaux. Mais pour faire ça tout seul, vois-
tu, il faudrait avoir autant de force que de cœur,
et malheureusement je n'ai que du cœur pour
vous tous.... Ah ! si je pouvais vous donner pour
dix minutes seulement ce que j'ai de trop pour
moi et ce que vous n'avez pas assez pour vous !

— Pourquoi donc, en ce cas-là, reprend un des auditeurs engagés dans la discussion , ne nous montres-tu pas l'exemple, toi qui prétends avoir du cœur pour dix-sept hommes ?

— Pourquoi? parce que pour montrer l'exemple il faut être sûr d'être suivi.

— Mais pourquoi n'essayes-tu pas de le montrer, cet exemple, en attendant qu'on te suive ?

— Moi?

— Oui, toi?

— Vous venez de l'entendre ! dit Goulven, à ces mots, avec une sorte de transport et de joie... Eh bien, lâche et cent mille fois jean-fesse et traître à Dieu et aux hommes, qui ne me suit pas ! »

L'héroïque matelot, en jetant cette imprécation au vent qui rugit sur sa tête, s'élance dans les lames où surnage la chaloupe battue à coups redoublés par le ressac : Chabert a le premier suivi Goulven, les autres marins se sont précipités sur leur trace. Goulven disparaît sous les

vagues, il revient à la surface ; il marche, nage,
tombe, roule, se relève et nage encore pour
disparaître de nouveau. Enfin il touche l'avant
de la chaloupe; il se cramponne à l'étrave : la
houle frappe la chaloupe et lui, et les colle du
même coup sur le rivage. Mais, loin de lâcher
prise, il s'affermit dans le poste qu'il a si glo-
rieusement escaladé : « *Attrape la bosse et hale
dessus* », hurle-t-il en dominant de sa voix
tonnante le bruit du vent, les cris de la tempête
et la détonnation de la foudre, car la foudre vient
de se faire entendre et d'éclater…. La chaloupe
ou plutôt ses restes sont traînés sur le rivage,
et arrachés avec une espèce de délire à la houle
qui les poursuit de son poids immense et de
son lourd mugissement… Mais, au moment où
les matelots, épuisés de leurs efforts, s'arrêtent,
appuyés sur l'embarcation qu'ils ont reconquise,
pour reprendre haleine, le sol, le lambeau de
terre sur lequel ils se sont groupés, tremble,
s'agite et semble s'entr'ouvrir sous leurs pas, à

la lueur des éclairs qui éblouissent leurs yeux épouvantés.... Muets d'effroi, ils entendent rouler et tomber à leurs pieds et au-dessus de leurs têtes, les fragments de roches que la secousse arrache à la cime sourcilleuse des mornes dont ils se croient environnés et menacés... Ces blocs énormes, croulant avec fracas sur la pointe des rocs qu'ils brisent, qu'ils entraînent dans leur chute, s'élancent dans les flots, qu'ils font bouillonner, en laissant dans la profonde obscurité de la nuit, un bruit sourd que les échos répètent long-temps après qu'ils ont disparu; et pendant que toute l'île paraît s'abîmer sous le poids, sous l'effort de la tempête et dans le gouffre de la mer qui se gonfle sur ses bords comme pour l'engloutir, des myriades d'oiseaux de proie battent de leurs ailes palpitantes, et remplissent de leurs sifflements sinistres, l'air humide et sulfureux que traversent à chaque seconde de livides et brûlants éclairs....

S'il est au monde, et pour les malheureux,
des émotions que la plume ne peut retracer et
que le langage le plus éloquent ne saurait
exprimer, quel langage et quelle plume ose-
raient essayer de donner une idée du supplice
qu'éprouvèrent les naufragés dans le moment
dont nous venons de retracer si péniblement
l'indicible horreur!... L'homme qui s'éteint
en laissant autour de lui tout ce qui doit lui
survivre sur la terre, connaît à peine ce que
l'anéantissement de son être devrait offrir de
plus hideux à son imagination... Mais périr au
sein de la destruction de l'univers, ne serait-ce
pas mourir de la mort la plus effroyable que le
génie de l'enfer pût inventer pour faire subir la
dernière torture à l'humanité? Et n'était-ce
pas tout l'univers que les naufragés avaient retrouvé sur ce rocher qui leur avait promis la
vie et qu'une destruction totale venait de me-
nacer?

Quelques minutes s'étaient écoulées depuis

l'ébranlement terrible que les coups redoublés de la foudre avaient fait ressentir aux entrailles souterraines de l'îlot. Tous les éléments, livrés trop long-temps à leur fougue destructive, se sont un moment apaisés par l'effet même de l'impétuosité qui doit avoir fatigué leur rage. Une pâle clarté, semblable à cette lueur douteuse que l'astre des nuits mêle quelquefois aux ténèbres des orages, est venue colorer d'une teinte grisâtre et terne le brouillard épais qui pèse sur la surface turbulente de l'onde... C'est l'aube naissante, qui, du sein de la tourmente, s'est hasardée, incertaine et craintive, sur l'horizon bouleversé : c'est encore un jour que le ciel veut accorder à des infortunés qui ont touché de si près à leur dernier jour.

Nul d'entre les réfugiés n'avait osé, jusqu'à cet instant, promener autour de lui ses regards troublés par la peur ou aveuglés par la foudre. Mais, avec les premiers rayons du matin, chacun put enfin contempler le spectacle que la

nuit avait caché à tous les yeux. Une haute fa-
laise se dressait comme un mur sur le bord du
rivage où gisait la chaloupe avec tous ses
agrès rompus et ses flancs déchirés. Au-dessus
des sombres cavernes que présentaient entre
elles des masses de rochers minés par le temps
ou calcinés par les feux d'un volcan dont ils
portaient encore la trace, rampait une herbe
flétrie au milieu de laquelle quelques plantes
marines élevaient leurs tiges arides et verdâ-
tres... Des pics inaccessibles, blanchis de la
base au sommet par la fiente des innombra-
bles oiseaux de proie dont ils cachaient les nids
dans les nuages, couronnaient de leurs pointes
pyramidales le sol arénacé de cet îlot, la plus
considérable des vigies qui composent ce dan-
gereux archipel d'écueils et de brisants...

A la vue de ce roc désert, devenu leur asile,
et de ce lieu de désolation que le jour venait
de leur montrer dans toute sa nudité, les matelots restèrent consternés. Chabert, pour faire

diversion au sentiment qu'il voulait bannir de l'âme attristée de ses compagnons, s'efforça de les rappeler à la pitié qu'ils devaient à ceux de leurs camarades dont le sort, selon toute probabilité, avait été plus déplorable encore que le leur. « Le canot nous manque, dit-il en s'adressant à Goulven, chez qui il était sûr de trouver la sympathie qu'il avait besoin de rencontrer quelque part. Peut-être, cette nuit, a-t-il abordé, comme nous, cet îlot, mais du côté opposé à celui où nous avons eu le bonheur d'accoster la terre. Si nous cherchions, en grimpant sur le haut des rochers qui nous séparent du bord du vent, à découvrir nos gens, peut-être parviendrions-nous à les apercevoir ou à recueillir au moins quelque indice sur leur compte.

— Sans doute, répondit Goulven : ce que vous proposez là peut être fait, et c'est d'ailleurs notre devoir ; et puis, ne faut-il pas pousser une petite reconnaissance dans l'intérieur

du pays dont le bon Dieu ou plutôt le diable
vous a fait roi cette nuit? Pour moi, en ma
qualité de gabier, je vais toujours essayer de me
palanquer sur ce pic qui a l'air de vouloir poi-
gnarder le ciel; c'est quasiment un ris que
j'aurai à crocher à l'empointure du grand hunier, et ça me rappellera le bon temps où nous
avions des ris à crocher à bord de cette pauvre
Anémone. »

En prononçant ces paroles avec une expression de sensibilité qui ne lui était pas naturelle,
le jeune matelot avait élevé les yeux sur le
piton qu'il se proposait d'escalader. Tout-à-
coup un cri d'étonnement s'échappe de ses lèvres qu'entr'ouvre le sourire de la joie la plus
vive.

« Qu'as-tu donc vu là »? lui demande le
capitaine, qui s'imagine que le linx a aperçu un
des hommes du canot dont on s'est séparé la
veille.

— Tenez, vous ne voyez donc pas Manon qui,

sans attendre vos ordres, a déjà grimpé sur ce morne pour y chercher sa vie... Le diable m'é-lingue, la voilà qui a trouvé de l'herbe et qui broute son déjeûner, la coquine qu'elle est... Ah! l'on a bien raison de dire que nous avons plus d'esprit que les bêtes, mais que les bêtes ont plus de raison que nous!

Manon était la chèvre que Goulven avait recueillie avec tant de sollicitude dans la chaloupe au moment du naufrage de son navire.

En un clin d'œil le protecteur de Manon disparaît dans le creux des rochers pour aller rejoindre, sur le penchant des abîmes qui s'offraient au-dessus de lui, l'agile quadrupède qui lui avait ouvert la route ascendante qu'il se proposait aussi de parcourir...

Quelques provisions gâtées par l'eau de mer, deux voiles à moitié déchirées par le vent, le corps d'une embarcation rompue par les lames, deux ou trois bouts de mâts entortillés des restes de leur gréement, un fusil de chasse, un

peu de poudre et de plomb, telles étaient les
ressources que le naufrage avait laissées à la
petite colonie de Martin Vaz; et, cependant, au
milieu de leur douloureux dénuement, les
nouveaux colons songèrent à tirer parti de ces
petites ressources comme s'ils avaient eu à disposer d'une partie des richesses de la plus opu-
lente cargaison. L'ardeur même avec laquelle
les matelots se mirent à recueillir et à employer
les objets épars sur le rivage, fut remarquée par
le capitaine, comme un indice favorable du
parti qu'il pourrait tirer plus tard de la bonne
volonté de son équipage, pour l'intérêt de tous,
dans le cas où une heureuse occasion de tenter leur
délivrance viendrait à s'offrir à eux. Les vivres,
renfermés soigneusement dans une grotte, furent
confiés à la garde d'un matelot connu par son
intégrité; la pêche, toujours si facile dans les
mers poissonneuses que la main des hommes
n'a pas encore profanées, devait assurer la nourriture de tout le monde. L'eau de pluie, recueil-

lie dans le creux des rochers, suffirait pour remplacer l'eau corrompue que contenaient les barils qui n'avaient pu être sauvés. Les deux voiles de la chaloupe servirent à dresser sur des avirons et des tronçons de mâts la tente que l'on destinait à madame de Leuvry; et, quant à la police dictatoriale qu'il était nécessaire d'établir dans la colonie naissante, elle était exercée par le capitaine, sans restriction et sans contrôle, sauf le cas où celui-ci jugerait à propos de consulter ses subordonnés dans les circonstances les plus graves.

Après avoir présidé à tous les soins et à tous les arrangements qui réclamaient sa présence et son autorité, le capitaine Chabert s'avança vers madame de Leuvry, qui, à peine remise des douloureuses émotions dont elle avait été frappée pendant cette nuit d'angoisses, tenait dans ses bras son fils agenouillé à ses pieds.

« Madame, lui dit Chabert en s'approchant de l'endroit où elle s'était assise, immobile, depuis le soir, si, dans notre infortune, il pouvait me rester une consolation, je l'éprouverais en ce moment, car, quel que soit le malheur de notre situation, je puis, du moins, espérer maintenant que vous aurez bientôt un abri pour reposer votre tête, et que tous les soins qui vous sont dûs vous seront prodigués par nous tous, qui voudrions donner notre vie pour adoucir votre sort et celui de votre enfant.

— Capitaine, répondit madame de Leuvry d'une voix pénétrée, je sais tout ce que je dois attendre de vous : déjà n'avez-vous pas exposé vos jours pour les miens et ceux de mon fils?... Mais pourquoi m'avoir arraché à une mort qui m'aurait épargné la douleur de pleurer un malheur que vous ne voulez pas m'apprendre, mais que je devine assez... M. de Leuvry n'est plus ! Il a péri dans le canot que vous n'avez pas revu... Ne vous suffit-il pas de sauver Auguste et de me laisser périr?... La vie d'une faible femme est-elle donc si précieuse que vous,

qui vous devez au salut de tant d'infortunés,
ayez risqué de périr en vous obstinant à m'entraîner loin de ces flots où j'aurais trouvé la fin
de toutes mes souffrances!...

— Madame, reprit Chabert avec un entraî-
nement dont il ne fut pas maître en cet instant,
je rends grâce mille fois à la Providence, qui
me réserve peut-être encore d'autres épreuves,
d'avoir accordé à mes vœux l'occasion qui s'est
offerte de risquer ma vie pour préserver la vôtre... Le moment est sans doute mal choisi
pour vous exprimer les sentiments qui m'a-
niment; mais apprenez que, s'il ne s'agissait
que de me sacrifier pour expier un tort, une
faute... un...

— Et quels torts avez-vous donc à vous reprocher, capitaine, envers deux êtres pour
lesquels vous avez toujours été si bon et si bienveillant? L'affreuse catastrophe qui nous a
frappés tous, et dont vous êtes vous-même la
première victime, était-elle si facile à prévoir,

que vous puissiez vous reprocher maintenant la fatalité qui nous poursuit? Qui jamais aurait pu prévenir mieux que vous ne l'avez fait, le funeste accident qu'il n'était donné à aucune prudence humaine de pressentir ni d'éviter?

— Ah! ce n'est pas là, reprit Chabert, la cause du regret qui m'agite. Mais laissons encore aujourd'hui, ajouta-t-il en passant sa main sur son front abattu ; laissons là tous ces pénibles souvenirs. Aussi bien, il est pour nous assez d'autres sujets de sollicitude qui réclament tout notre courage et toute notre résignation. »

Puis, fixant avec attendrissement les traits innocents d'Auguste, qui lui souriait avec la candeur d'un ange, le capitaine s'écria les yeux humides de douces larmes : « Oui, je te sauverai, pauvre enfant, ou, si tu succombes, c'est que mon existence n'aura pu racheter la tienne.

« — Et le canot? demanda madame de Leuvry en arrachant le capitaine à sa préoccupation, pour appeler son attention sur des
idées plus tristes encore que celles qu'il exprimait.

— Le canot, madame? Que vous dirai-je,
reprit Chabert, dans une circonstance où il
serait inutile de vous flatter ou de vouloir
vous tromper? J'attends encore; mais je n'ose
rien vous promettre... Goulven est parti à la
découverte sur le haut de ces pitons, et bientôt
nous saurons ce que nous avons à redouter ou
à espérer. »

Un des naufragés, dont la frayeur avait dé-
composé les traits, se traîne entre madame de
Leuvry et le capitaine, au moment où celui-ci
achevait ces paroles : c'était l'abbé Salvador,
qui, oublié depuis la veille dans un coin, s'a-
vançait mélancoliquement pour adresser, disait-il, une seule question au chef de la colonie.

« Quelle question avez-vous donc à me faire?
demanda Chabert à son passager.

— Je voudrais savoir, répondit celui-ci d'une
voix chevrotante, s'il est possible qu'un navire,
venant à passer près de cette île, aperçoive
nos signaux et vienne nous recueillir.

— Possible, oui, répliqua le capitaine;
probable, non, car rarement les bâtiments
passent à petite distance des Martin Vaz, sans
être obligés de changer leur route ordinaire.

— Mais, en ce cas, comment nous sauve-
rons-nous d'ici? s'écria avec une sorte d'exaltation, le missionnaire éploré.

— C'est là, je crois, repartit le capitaine,
plus qu'une question, monsieur l'abbé. Mais
pour vous répondre comme vous voudriez que
je le fisse, il faudrait pénétrer les volontés du
ciel pour apprendre les destinées qu'il nous réserve; et comme ceci est une chose qui vous
regarde plus particulièrement que moi, je vous
laisse le soin d'interroger l'avenir plus téméraï-

rément que je n'oserais le faire, moi qui ne me suis chargé ni de convertir les Indiens, ni de donner l'exemple de la résignation évangélique aux pécheurs. »

A l'ouragan de la nuit, au tremblement de terre qui avait accompagné les éclats de la foudre, succéda une journée paisible et douce, et quelques heures après avoir touché au moment d'être ensevelis dans les entrailles entr'ouvertes de leur île, les nouveaux hôtes de Martin-Vaz purent jouir de l'aspect d'un soleil radieux, réchauffant de ses rayons le dôme d'azur d'un ciel calme et pur. Les grands désordres atmosphériques n'ont guère moins de violence, ni plus de durée, dans la zône torride, où la nature ne renonce jamais à son indolence et à sa mollesse, que pour tomber dans les convulsions, et reprendre bientôt son éternelle sérénité. En voyant autour de leur asile une mer, à peine encore agitée, s'étendre avec paresse sur le rivage, les marins les plus agiles s'élancèrent

sur les pointes des brisants dont ils étaient environnés; et là, détachant des hauts-fonds
que leur laissait voir une onde transparente,
les coquillages, qu'ils reconnaissaient à leurs
formes, ils recueillirent une pêche abondante,
pendant que leurs camarades, restés sur la
grève où s'était établi le camp, s'étaient occupés à allumer du feu sur un foyer couvert
d'herbe flétrie et de varec séché au soleil. Les
hommes sans cesse privés des commodités de
la vie, savent user avec une merveilleuse
adresse, de tout ce qui leur tombe sous la
main, et les marins ne sont jamais plus fertiles
en expédients que lorsqu'ils se trouvent le plus
dépourvus de ressources. C'est même alors
que leur imagination semble croître en raison
des obstacles qu'ils ont à surmonter, ou des
difficultés qui stimulent leur courage. Chabert,
après avoir vainement cherché à enflammer
quelques matières sèches au foyer d'un verre
convexe qu'il avait détaché de son octant pour

le présenter à l'ardeur du soleil, désespérait
déjà d'obtenir du feu par ce moyen si simple,
lorsqu'il vit, à peu de distance de lui, un de
ses matelots frotter violemment, sur un bout
d'aviron, une mèche d'étoupe. Ne concevant
pas bien encore le but que se proposait le matelot en se livrant à cet exercice singulier, il lui
demanda ce qu'il prétendait faire du morceau
de cordage qu'il frictionnait ainsi sur sa poignée
d'aviron; et, pour toute réponse, le marin
montra bientôt à celui qui l'interrogeait, la
mèche d'étoupe qu'il était parvenu à mettre en
combustion, au grand étonnement et aussi à la
grande satisfaction du capitaine.

Le feu ainsi allumé, et quelque temps ali-
menté de tous les objets inutiles qu'on pouvait
lui donner à dévorer, servit à faire cuire le
premier repas que la pêche avait fournie à l'a-
vidité des convives. La chasse du gibier de
mer aurait pu leur offrir aussi une nourriture
plus variée, si ce n'est même plus assurée,

car les pétrels, les mauves et les fous, dont
les îlots étaient infestés, paraissaient plutôt
braver les attaques de leurs hôtes que redouter
leur approche. Un fusil à deux coups, un peu
de poudre et une petite quantité de plomb,
avaient été, comme nous l'avons déjà dit, sous-
traits au naufrage. Mais le capitaine, ayant fait
observer que les munitions de guerre dont on
était pourvu, devaient être conservées pour
appeler sur l'île l'attention des navires qui pourraient passer assez près pour entendre quelques
coups de fusil, chacun renonça de grand cœur
au désir de troubler la paix des hôtes aériens
des Martin Vaz. Cependant, pour assurer aux
gens du camp un souper digne du dîner qu'ils
avaient déjà fait en famille, un petit mousse
se hasarda à gravir les rochers du voisinage,
où il eut le bonheur et la gloire d'arracher
quelques couvées d'œufs à des fous, qui pour-
suivirent le ravisseur jusqu'au milieu de ses
compagnons. Ce premier acte d'hostilité, en

excitant la fureur des oiseaux de proie contre leurs agresseurs, donna à ceux-ci les moyens et le droit de faire une guerre réglée à leurs voisins, et bientôt, grâce à l'ardeur avec laquelle les envahisseurs entrèrent en campagne, le camp n'eut plus à redouter de périr par la famine; car, pendant que les bords du rivage lui offraient une masse assez copieuse de lépas et de crustacées, la cime des précipices et le creux des rocs lui promettaient une ample provision d'œufs et de jeune gibier.

Le soir de la première journée passée dans ce lieu d'exil, s'avançait sans qu'on eût vu paraître le canot du second, dont il était peut-être encore permis d'attendre le retour. Goulven, parti à la découverte depuis le matin, n'était pas revenu de son excursion à travers les abîmes qu'il lui avait fallu traverser, pour atteindre l'autre côté de l'île. Chabert, alarmé de la longue absence de son ami, avait commencé à compter avec une anxiété toujours croissante,

les heures qui s'étaient écoulées depuis le départ de l'imprudent. Plusieurs fois déjà il avait
tenté lui-même de faire le tour de l'îlot, pour
pénétrer jusqu'à l'endroit vers lequel il suppo-
sait que le jeune matelot aurait dirigé ses pas.
Mais, rebuté par l'impossibilité où il s'était
trouvé de franchir les cavités qu'il avait ren-
contrées sur son passage, il était rentré au
camp, en cherchant à cacher à ses camarades
l'inquiétude dont il était agité. En vain madame
de Leuvry, la seule personne qui eût assez de
délicatesse dans l'âme pour deviner la sombre
inquiétude du capitaine, s'était-elle efforcée de
dissiper les craintes qu'elle lisait sur ses traits
altérés, elle qui n'avait que trop à redouter la
mort de son époux, toujours le capitaine, en
voyant la nuit arriver trop vite au gré de son
impatience, avait répondu à celle qui cherchait à le consoler: « Je le connais, il se sera
tué en voulant escalader ce maudit morne au
haut duquel il me semble encore voir suspen-

due la chèvre, avec laquelle il se sera mis en tête de lutter d'agilité... Ah! si j'avais le bonheur de le tenir, comme je l'arrangerais pour toutes les souffrances qu'il me fait éprouver en ce moment!

FIN DU PREMIER VOLUME.

Livres de Fonds.

AVENTURES DE VOYAGE EN ORIENT, par Alphonse Royer.	2 vol. in-8.
AYMAR, par H. de Latouche.	2 vol. in-8.
AVENTURES D'UN GENTILHOMME ALLEMAND, par Spindler.	2 vol. in-8.
AVENTURES D'UN GENTILHOMME PARISIEN, par lord Ellis.	2 vol. in-8.
AUBERGE (L') DES TROIS PINS, par Roger de Beauvoir.	1 vol. in-8.
ANNÉE (UNE) EN ESPAGNE, par Charles Didier.	2 vol. in-8.
CONVERSION D'UN MAUVAIS SUJET (LA), par Raban.	4 vol. in-12.
CROISIÈRE (LA) DE LA MOUCHE, par Paul Hennequin.	2 vol. in-8.
CHARLOTTE CORDAY, par Alphonse Esquiros.	2 vol. in-8.
DERNIER (LE) MARQUIS, par Jules David.	2 vol. in-8.
DERNIERS (LES) BRETONS, par Souvestre.	4 vol. in-8.
DEUX MINA (LES), chronique espagnole du XIXe siècle, avec des autographes de Xavier Mina et de Francisco Espoz, par le général Saint-Yon, ancien officier d'ordonnance de l'empereur Napoléon.	3 vol. in-8.
FEMMES (LES) PROSCRITES, par Arnould Frémy.	2 vol. in-8.
FOLLES (LES) BRISES, par Édouard Corbière.	2 vol. in-8.
GALANTERIES (LES) DU MARÉCHAL DE BASSOMPIERRE, par Lottin de Laval, auteur de *Marie de Médicis*; avec portrait.	4 vol. in-8.
HISTOIRES CAVALIÈRES, par Roger de Beauvoir.	2 vol. in-8.
IMPRESSIONS DE VOYAGES EN ESPAGNE, par Fontaney.	1 vol. in-8.
JOLIE FILLE (LA) DU FAUBOURG, par Ch. Paul de Kock.	2 vol. in-8.
L'HOMME ET L'ARGENT, par Souvestre.	2 vol. in-8.
L'HOMME AUX TROIS CULOTTES, ou *la République, l'Empire et la Restauration,* par Ch. Paul de Kock.	2 vol. in-8.
LOISIRS (LES) D'UNE FEMME DU MONDE, par la comtesse Merlin.	2 vol. in-8.
LYS (LE) DANS LA VALLÉE, par M. de Balzac.	2 vol. in-8.
MADAME HOWARD, par l'auteur du *Mariage du grand Monde.*	2 vol. in-8.
MADEMOISELLE DE VERDUN, troisième partie du *Faubourg St-Germain,* par le comte Horace de Vieil-Castel; deuxième édition.	2 vol. in-8.
MÉMOIRES de la reine Hortense et de la famille impériale, par mademoiselle Cochelet (madame Parquin).	4 vol. in-8.
NUITS DE BERLIN (LES), par l'auteur des *Souvenirs de la marquise de Créquy.*	2 vol. in-8.
ORGUEIL ET AMOUR, par Spiegel, auteur de *Vanité.*	2 vol. in-8.
PÉLERINS (LES) DU RHIN, par Bulwer; traduit par Defauconpret.	2 vol. in-8.
PAGES DE LA VIE INTIME, par madame Mélanie Waldor.	2 vol. in-8.
ROI (LE) DE BOURGES, roman historique, par Touchard-Lafosse.	2 vol. in-8.
ROSE ET MARIE, par l'auteur de l'*Échelle du Mal.*	1 vol. in-8.
RUYSCH, par Roger de Beauvoir.	1 vol. in-8.
SALONS DE LADY BETTY, par madame Desbordes-Valmore.	2 vol. in-8.
SOUVENIRS ET MÉMOIRES, de madame la comtesse Merlin.	2 vol. in-8.
SOUVENIRS D'UN DEMI-SIÈCLE, par Touchard-Lafosse.	6 vol. in-8.
SUR NOS GRÈVES, roman maritime, par Fulgence-Girard.	2 vol. in-8.
TROIS (LES) PIRATES, par Édouard Corbière.	" vol. in-8.
UNE MAITRESSE DE FRANÇOIS 1er, par madame Aug. Gottis.	2 vol. in-8.
LA COMTESSE DE SERVY, par madame Arnaud.	2 vol. in-8.
CLÉMENCE, par la même.	2 vol. in-8.
MÉMOIRES DU DUC DE VICENCE, 3 et 4, par madame Charlotte de Sorr.	2 vol. in-8.
UNE CANTATRICE, par Madame Hippolyte Taunay.	2 vol. in-8.
LE TASSE ET LA PRINCESSE ELÉONORE D'EST, par madame Gottis.	2 vol. in-8.
PIRATE ET CORSAIRE, par Auguste Bouet.	2 vol. in-8.

Paris. — Imprimerie de TERZUOLO, rue Madame, 30.

www.ingramcontent.com/pod-product-compliance
Lightning Source LLC
Chambersburg PA
CBHW050145030726
47505CB00005B/1239